旅遊日語の「玩」全手記

附MP3

帶上這本就出發吧!

田中陽子・大山和佳子 合著

山田社
Shan Tian She

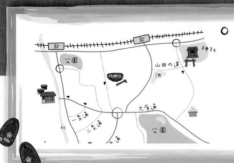

日本新地標晴空塔、世界遺產級的古蹟寺院巡禮之旅、探訪日劇《半澤直樹》在大阪拍攝的外景熱點、《小海女》在岩手縣的重要取景場所……都好想去啊！

我要去日本玩啦！

前言

311東日本大震災台灣人捐出了一筆大款，居世界第一，
讓最懂得感恩的日本人，知道台灣人的善。

但其實我們知道，那是日本人自己感動了全世界。

無論是以往給人整潔、有序感的日本印象，穿梭於復古與新穎間的日本氣息，或是冷靜面對震災，並能堅忍不拔的日本精神，絕對是值得造訪的國家！

當你踏上日本國土，若是遇到以下情況：
● 向日本人問路，卻因對方「閉俗說英文」，對你敬退三分時……
● 地鐵路線太複雜，想問「該在哪換車？何時得出站重新買票再入站？」
● 在日本傳統商店買東西，與爺爺、奶奶雞同鴨講時……
● 到女僕咖啡店遇到超萌服務生，想趁亂告白時（誤）……

是不是讓人有種「恨不得自己說得出某句日語」的憂傷呢？
一旦決定出發，帶著這本，就上路吧！

本書「玩」全收錄：
★ 接接接！「旅遊萬用日語」超好用！
　　有作者下功夫編寫的旅遊萬用句型，這是學日語的最短捷徑，跟日本人溝通變得超 easy ！

★ 接接接！「替換單字 x 核心句型」超簡單！

　　有了萬用句型，只要替換關鍵字，你會發現靈活多變的句型，讓話題變得更豐富，讓你把旅遊日語掛在嘴邊，難以忘記！

★ 接接接！各單元「清新、多彩的版型」超享受！

　　利用豐富的色彩區分不同的情境，讓你學習中同時享受到視覺的盛宴。以旅遊時會遇到的「食、玩、住、行」等主題，不管是機艙內、入海關、飯店住宿登記、客房服務、交通問題、訂位、點餐、詢價、購物血拚、需求、抱怨……到突發狀況等，從出發前往日本的那一刻起，你可能會用到的旅遊日語，通通都在這一本！

　　語言，是拉近人與人之間的距離。即使沒學過日語也不用擔心，這裡還貼心幫你加上羅馬拼音，請跟著專業日籍老師錄製的光碟反覆練習，相信只要勇敢開口說日語，日本人看到你的努力，必能順利傳達到日本人心裡。

　　想登上日本新地標晴空塔？或是來場世界遺產級的古蹟寺院巡禮之旅？還是要探訪日劇《半澤直樹》在大阪拍攝的外景熱點、《小海女》在岩手縣的重要取景場所呢？也許你不能登上日本的每一座山，渡過每一條河，追隨每一道彩虹。但是，請相信，你一定會發現旅行中，用日語跟日本人說說話、聊聊天，是一件很棒的事！

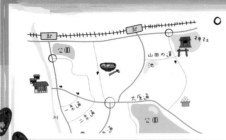

日本新地標晴空塔、世界遺產級的古蹟寺院巡禮之旅、探訪日劇《半澤直樹》在大阪拍攝的外景熱點、《小海女》在岩手縣的重要取景場所……看我想去阿!

我要去日本玩拉！

一目錄

1 行前準備篇──立馬學會的萬用日語！ ⋯⋯⋯ 007
單元：萬用句型　008
單元：實用日語　035

2 我的日本小旅行，正式起飛！ ⋯⋯⋯ 039
單元：機艙　040
單元：海關　046
單元：機場　052

3 最暖心的日本旅宿好時光 ⋯⋯⋯ 061
單元：入住　062
單元：客服　070
單元：退房　073

4 美味上桌，犒賞味蕾「趣」 ⋯⋯⋯ 075
單元：美食尋訪　076
單元：訂位點餐　080
單元：結帳　091

5 探索私房路線，素人變達人 ⋯⋯⋯ 093
單元：電車　094
單元：公車　097
單元：計程車・租車　100
單元：迷路　103

6 觀察與體驗，豐富的遊玩空間 ·········· 105
　　單元：慶典名勝　106
　　單元：攝影紀念　109
　　單元：購票　112
　　單元：居酒屋　121

7 購物血拼篇──非入手不可的清單 ·········· 123
　　單元：尋找款式　124
　　單元：試穿　127
　　單元：問題‧要求　132
　　單元：結帳　143

8 看見日本，旅人的一百種感動 ·········· 145
　　單元：文化觀禮　146
　　單元：生活街景　149

9 突發狀況，不怕一萬只怕萬一 ·········· 151
　　單元：病痛症狀　152
　　單元：就醫　154
　　單元：遺失招竊　161

MEMO

壹／

行前準備篇—立馬學會的萬用日語！

日本旅行の準備

句型 是 ＿＿＿。

名詞＋です。
desu

替換單字

林（姓） りん **林** rin	山田（姓） やまだ **山田** yamada

書 ほん **本** hon	腳踏車 じ てんしゃ **自転車** jitensha

 我是田中。
た なか
田中です。
tanaka desu

 我是學生。
がくせい
学生です。
gakusee desu

句型 是 ＿＿＿。

數量＋です。
desu

替換單字

一千日圓 せん えん **1,000 円** sen-en	一個 ひと **一つ** hitotsu

一杯 いっぱい **1杯** ippai	兩支 に ほん **2本** nihon

 500 日圓。
ご ひゃくえん
5 00 円です。
gohyaku-en desu

 20 美金。
にじゅう
20 ドルです。
nijuu-doru desu

行前準備

正式起飛

旅宿時光

味蕾「趣」

私房路線

遊玩空間

血拚購物

看見日本

突發狀況

句型 ＿＿＿＿。

形容詞＋です。
desu

替換單字

冰冷	快樂
つめ	たの
冷たい	**楽しい**
tsumetai	tanoshii

快速	好吃
はや	
速い	**おいしい**
hayai	oishii

 昂貴。
たか
高いです。
takai desu

 寒冷。
さむ
寒いです。
samui desu

句型 ＿＿＿＿是＿＿＿＿。

名詞＋は＋名詞＋です。
　　　wa　　　　　desu

替換單字

他／美國人
かれ　　　　じん
彼／アメリカ人
kare　amerika-jin

那／大象	姊姊／模特兒
ぞう	あね
あれ／象	**姉／モデル**
are　zoo	ane　moderu

 我是學生。
わたし　　がくせい
私は学生です。
watashi wa gakusee desu

 這是麵包。
これはパンです。
kore wa pan desu

句型　_____ 的 _____。

名詞＋の＋名詞＋です。
　　　　　no　　　　　desu

替換單字

	妹妹／雨傘
	妹／傘 imooto　kasa

義大利／鞋子	法國／品牌
イタリア／靴 itaria　kutsu	**フランス／ブランド** furansu　burando

我的包包。
私のかばんです。
watashi no kaban desu

日本車。
日本の車です。
nihon no kuruma desu

句型　是 _____ 嗎？

名詞＋ですか。
　　　　　desuka

替換單字

台灣人	美國人
台湾人 taiwan-jin	**アメリカ人** amerika-jin

泰國人	義大利人
タイ人 tai-jin	**イタリア人** itaria-jin

是日本人嗎？
日本人ですか。
nihon-jin desuka

是哪一位？
どなたですか。
donata desuka

行前準備

正式起飛

旅宿時光

味蕾「趣」

私房路線

遊玩空間

血拼購物

看見日本

突發狀況

句型 ＿＿＿＿ 是 ＿＿＿＿ 嗎？

名詞＋は＋名詞＋ですか。
wa　　　　　desuka

替換單字

出口／那裡
出口／あそこ
deguchi　asoko

國籍／哪裡
お国／どこ
okuni　doko

籍貫，畢業／哪裡
ご出身／どちら
goshusshin　dochira

 廁所是那裡嗎？
トイレはあそこですか。
toire wa asoko desuka

 車站是這裡嗎？
駅はここですか。
eki wa koko desuka

句型 ＿＿＿＿ 嗎？

名詞＋は＋形容詞＋ですか。
wa　　　　　desuka

替換單字

這個／好吃
これ／おいしい
kore　oishii

價錢／貴
値段／高い
nedan　takai

房間／整潔
部屋／きれい
heya　kiree

 這裡痛嗎？
ここは痛いですか。
koko wa itai desuka

 車站遠嗎？
駅は遠いですか。
eki wa tooi desuka

句型 不是 _____。

名詞＋ではありません。
dewa arimasen

替換單字

河川 かわ **川** kawa	派出所 こうばん **交番** kooban

公車 **バス** basu	紅茶 こうちゃ **紅茶** koocha

 不是義大利人。
イタリア人ではありません。
じん
itaria-jin dewa arimasen

 不是字典。
じしょ
辞書ではありません。
jisho dewa arimasen

句型 _____ 喔！

形容詞＋ですね。
desune

替換單字

甜的 あま **甘い** amai	苦的 にが **苦い** nigai

有趣的 おもしろ **面白い** omoshiroi	方便 べんり **便利** benri

 好熱喔！
あつ
暑いですね。
atsui desune

 好冷喔！
さむ
寒いですね。
samui desune

行前準備
正式起飛
旅宿時光
味蕾「趣」
私房路線
遊玩空間
血拚購物
看見日本
突發狀況

句型 ＿＿＿＿ 喔！

形容詞＋名詞＋ですね。
desune

替換單字

好／天氣
いい／天気
ii ／ tenki

好吃／店
おいしい／店
oishii ／ mise

熱鬧的／地方
にぎやかな／ところ
nigiyaka na ／ tokoro

 好漂亮的人喔！
きれいな人ですね。
kiree na hito desune

 好愉快的旅行喔！
楽しい旅行ですね。
tanoshii ryokoo desune

句型 ＿＿＿＿ 吧！

名詞＋でしょう。
deshoo

替換單字

雨
雨
ame

雪
雪
yuki

風
風
kaze

颱風
台風
taifuu

 是晴天吧！
晴れでしょう。
hare deshoo

 是陰天吧！
曇りでしょう。
kumori deshoo

句型 ＿＿＿＿。

名詞（を）＋動詞＋ます。
masu

替換單字

音樂／聽
音楽を／聞き
ongaku o　　kiki

相片／照相
写真を／撮り
shashin o　　tori

花／看
花を／見
hana o　　mi

吃飯。
ご飯を食べます。
gohan o tabemasu

抽煙。
タバコを吸います。
tabako o suimasu

句型 從＿＿＿＿來。

名詞＋から来ました。
kara kimashita

替換單字

中國
中国
chuugoku

英國
イギリス
igirisu

法國
フランス
furansu

印度
インド
indo

從台灣來。
台湾から来ました。
taiwan kara kimashita

從美國來。
アメリカから来ました。
amerika kara kimashita

句型 ＿＿＿＿ 吧！

名詞（を）＋動詞＋ましょう。
o mashoo

替換單字

	唱歌 歌を歌い uta o utai
打網球 テニスをし tenisu o shi	吃日本料理 日本料理を食べ nihon-ryoori o tabe

打電動玩具吧！
ゲームをしましょう。
geemu o shimashoo

看電影吧！
映画を見ましょう。
eega o mimashoo

句型 給我 ＿＿＿＿ 。

名詞＋をください。
o kudasai

替換單字

	地圖 地図 chizu	毛衣 セーター seetaa
咖啡 コーヒー koohii		壽司 鮨・寿司 sushi

請給我牛肉。
ビーフをください。
biifu o kudasai

給我這個。
これをください。
kore o kudasai

句型　給我 ＿＿＿＿＿。

數量＋ください。
kudasai

替換單字

兩張 **2枚** nimai	三本 **3冊** sansatsu

一個 **1個** ikko	一人份 **一人前** ichininmae

 給我一個。
一つください。
hitotsu kudasai

 給我一堆。
一山ください。
hitoyama kudasai

句型　給我 ＿＿＿＿＿。

名詞＋を＋數量＋ください。
o　　　　　　　kudasai

替換單字

啤酒／一杯 **ビール／1杯** biiru　　ippai

毛巾／兩條 **タオル／2枚** taoru　　nimai	生魚片／兩人份 **刺身／二人前** sashimi　nininmae

 給我一個披薩。
ピザを一つください。
piza o hitotsu kudasai

 給我兩張車票。
切符を2枚ください。
kippu o nimai kudasai

行前準備

正式起飛

旅宿時光

味蕾「趣」

私房路線

遊玩空間

血拼購物

看見日本

突發狀況

句型 給我 ＿＿＿＿。

動詞＋ください。
kudasai

替換單字

等一下	開
待って matte	開けて akete

吃	說
食べて tabete	言って itte

 拿給我看一下。
見せてください。
misete kudasai

 請告訴我。
教えてください。
oshiete kudasai

句型 請 ＿＿＿＿。

名詞（を…）＋動詞＋ください。
　　　o　　　　　　　　　　kudasai

替換單字

房間／打掃
部屋を／掃除して heya o　　soojishite

向右／轉	用漢字／寫
右に／曲がって migi ni　magatte	漢字で／書いて kanji de　　kaite

 請換房間。
部屋を替えてください。
heya o kaete kudasai

 請叫警察。
警察を呼んでください。
keesatsu o yonde kudasai

句型　請 ＿＿＿＿。

形容詞＋動詞＋ください。
kudasai

替換單字

短／縮短
短く／つめて
みじか
mijikaku　tsumete

便宜／賣
安く／売って
やす　　　う
yasuku　utte

簡單／說明
やさしく／説明して
せつめい
yasashiku　setsumeeshite

趕快起床。
早く起きてください。
はや　お
hayaku okite kudasai

打掃乾淨。
きれいに掃除してください。
そうじ
kiree ni sooji shite kudasai

句型　請（弄）＿＿＿＿。

形容詞＋してください。
shite kudasai

替換單字

亮	暖
明るく	**暖かく**
あか	あたた
akaruku	atatakaku

短
短く
みじか
mijikaku

乾淨
きれいに
kiree ni

請算便宜一點。
安くしてください。
やす
yasuku shite kudasai

請快一點。
早くしてください。
はや
hayaku shite kudasai

18

行前準備

正式起飛

旅宿時光

味蕾「趣」

私房路線

遊玩空間

血拼購物

看見日本

突發狀況

句型 ＿＿＿＿ 多少錢？

名詞（は）＋いくらですか。
wa　　　　ikura desuka

替換單字

唱片	耳環
レコード	**イヤリング**
rekoodo	iyaringu

太陽眼鏡	比基尼
サングラス	**ビキニ**
sangurasu	bikini

這個多少錢？
これいくらですか。
kore ikura desuka

大人需要多少錢？
大人<ruby>おとな</ruby>いくらですか。
otona ikura desuka

句型 ＿＿＿＿ 多少錢？

數量＋いくらですか。
ikura desuka

替換單字

一套；一件	一台
1着<ruby>いっちゃく</ruby>	1台<ruby>いちだい</ruby>
icchaku	ichidai

一雙	一盒
1足<ruby>いっそく</ruby>	**ワンパック**
issoku	wanpakku

一個多少錢？
一<ruby>ひと</ruby>ついくらですか。
hitotsu ikura desuka

一個小時多少錢？
1時間<ruby>いちじかん</ruby>いくらですか。
ichijikan ikura desuka

19

句型 ＿＿＿＿＿ 多少錢？

名詞＋數量＋いくらですか。
ikura desuka

替換單字

鞋／一雙
靴／1足 kutsu issoku

相機／一台	蔥／一把
カメラ／1台 kamera ichidai	**ねぎ／1束** negi hitotaba

這個一個多少錢？
これ、一ついくらですか。
kore, hitotsu ikura desuka

生魚片一人份多少錢？
刺身、一人前いくらですか。
sashimi, ichininmae ikura desuka

句型 有＿＿＿＿＿嗎？

名詞＋はありますか。
wa arimasuka

替換單字

健身房	保險箱
ジム jimu	**金庫** kinko

游泳池	衛星節目
プール puuru	**衛星放送** eesee hoosoo

有報紙嗎？
新聞はありますか。
shinbun wa arimasuka

有位子嗎？
席はありますか。
seki wa arimasuka

行前準備

正式起飛

旅宿時光

味蕾「趣」

私房路線

遊玩空間

血拼購物

看見日本

突發狀況

句型 有 ＿＿＿＿ 嗎？

<u>場所</u>＋はありますか。
wa arimasuka

替換單字

電影院
えいがかん
映画館
eegakan

公園
こうえん
公園
kooen

飯店
ホテル
hoteru

旅館
りょかん
旅館
ryokan

 有郵局嗎？
ゆうびんきょく
郵便局はありますか。
yuubinkyoku wa arimasuka

 有大眾澡堂嗎？
せんとう
銭湯はありますか。
sentoo wa arimasuka

句型 有 ＿＿＿＿ 嗎？

<u>形容詞</u>＋<u>名詞</u>＋はありますか。
wa arimasuka

替換單字

大／房間
おお　　へや
大きい／部屋
ookii　　heya

便宜／旅館
やす　りょかん
安い／旅館
yasui　ryokan

黑色／高跟鞋
くろ
黒い／ハイヒール
kuroi　　haihiiru

 有便宜的位子嗎？
やす　せき
安い席はありますか。
yasui seki wa arimasuka

有紅色的裙子嗎？
あか
赤いスカートはありますか。
akai sukaato wa arimasuka

21

句型 _____ 在哪裡？

場所＋はどこですか。
wa doko desuka

替換單字

百貨公司	超市
デパート	**スーパー**
depaato	suupaa

棒球場 や きゅうじょう	美容院 び ょういん
野球場	**美容院**
yakyuujoo	biyooin

 廁所在哪裡？
トイレはどこですか。
toire wa doko desuka

 便利商店在哪裡？
コンビニはどこですか。
konbini wa doko desuka

句型 麻煩 _____ 。

名詞＋をお願いします。
o onegai shimasu

替換單字

點菜 ちゅうもん	兌換外幣 りょうがえ
注文	**両替**
chuumon	ryoogae

客房點餐服務	住宿登記
ルームサービス	**チェックイン**
ruumusaabisu	chekkuin

 麻煩幫我搬行李。
荷物をお願いします。
に もつ ねが
nimotsu o onegai shimasu

 麻煩結帳。
お勘定をお願いします。
かんじょう ねが
okanjoo o onegai shimasu

行前準備

正式起飛

旅宿時光

味蕾「趣」

私房路線

遊玩空間

血拚購物

看見日本

突發狀況

句型　麻煩用 _____ 。

名詞＋でお願いします。
de onegai shimasu

替換單字

海運
船便
ふなびん
funabin

分開（算錢）
別々
べつべつ
betsubetsu

飯前
食前
しょくぜん
shokuzen

麻煩我寄空運。
航空便でお願いします。
こうくうびん　　　ねが
kookuubin de onegai shimasu

麻煩我要刷卡。
カードでお願いします。
　　　　　ねが
kaado de onegai shimasu

句型　麻煩我到 _____ 。

場所＋までお願いします。
made onegai shimasu

替換單字

郵局
郵便局
ゆうびんきょく
yuubinkyoku

電影院
映画館
えいがかん
eegakan

百貨公司
デパート
depaato

這裡
ここ
koko

麻煩我到車站。
駅までお願いします。
えき　　　　ねが
eki made onegai shimasu

麻煩我到飯店。
ホテルまでお願いします。
　　　　　　ねが
hoteru made onegai shimasu

句型　請給我 _____ 。

名詞＋數量＋お願いします。
onegai shimasu

替換單字

套裝／一套
スーツ／1着
suutsu　icchaku

相機／一台
カメラ／1台
kamera　ichidai

襯衫／一件
シャツ／1枚
shatsu　ichimai

請給我成人票一張。
大人1枚お願いします。
otona ichimai onegai shimasu

請給我一瓶啤酒。
ビール1本お願いします。
biiru ippon onegai shimasu

句型　_____ 如何？

名詞＋はどうですか。
wa doo desuka

替換單字

夏威夷
ハワイ
hawai

壽司
鮨・寿司
sushi

黑輪
おでん
oden

星期天
日曜日
nichiyoobi

烤肉如何？
焼肉はどうですか。
yakiniku wa doo desuka

旅行怎麼樣？
旅行はどうですか。
ryokoo wa doo desuka

行前準備

正式起飛

旅宿時光

味蕾「趣」

私房路線

遊玩空間

血拚購物

看見日本

突發狀況

句型　_____ 的 _____ 如何？

時間＋の＋名詞＋はどうですか。
no　　　　　wa doo desuka

替換單字

| 第二次／日本 |
| **2回目／日本** |
| にかいめ　にほん |
| nikaime　nihon |

| 夏天／東京 |
| **夏／東京** |
| なつ　とうきょう |
| natsu　tookyoo |

| 明天／營業時間 |
| **明日／営業時間** |
| あした　えいぎょうじかん |
| ashita　eegyoojikan |

今年的運勢如何？
今年の運勢はどうですか。
ことし　うんせい
kotoshi no unsee wa doo desuka

今天的天氣如何？
今日の天気はどうですか。
きょう　てんき
kyoo no tenki wa doo desuka

句型　我要 _____ 。

名詞＋がいいです。
ga ii desu

替換單字

這個	西瓜
これ	**すいか**
kore	suika

拉麵	果汁
ラーメン	**ジュース**
raamen	juusu

我要咖啡。
コーヒーがいいです。
koohii ga ii desu

我要天婦羅。
てんぷらがいいです。
tenpura ga ii desu

句型　我要 _____ 。

形容詞（の、なの）＋がいいです。
no　na no　　　　　ga ii desu

替換單字

小的 **小さいの** chiisai no	藍的 **青いの** aoi no

短的 **短いの** mijikai no	漂亮的 **きれいなの** kiree na no

我要大的。
大きいのがいいです。
ookii no ga ii desu

我要方便的。
便利なのがいいです。
benri na no ga ii desu

句型　可以 _____ 嗎？

動詞＋もいいですか。
mo ii desuka

替換單字

吃 **食べて** tabete	坐 **座って** suwatte

摸 **触って** sawatte	聽 **聞いて** kiite

可以喝嗎？
飲んでもいいですか。
nondemo ii desuka

可以試穿嗎？
試着してもいいですか。
shichakushitemo ii desuka

行前準備

正式起飛

旅宿時光

味蕾「趣」

私房路線

遊玩空間

血拚購物

看見日本

突發狀況

句型　可以＿＿＿嗎？

名詞（を…）＋動詞＋もいいですか。
o　　　　　　　　　　　mo ii desuka

替換單字

相／照
写真を／撮って
shashin o　　totte

在這裡／寫
ここに／書いて
koko ni　　kaite

啤酒／喝
ビールを／飲んで
biiru o　　nonde

可以抽煙嗎？
タバコを吸ってもいいですか。
tabako o suttemo ii desuka

這裡可以坐嗎？
ここに座ってもいいですか。
koko ni suwattemo ii desuka

句型　想＿＿＿。

動詞＋たいです。
tai desu

替換單字

玩	走
遊び	**歩き**
asobi	aruki

游泳	買
泳ぎ	**買い**
oyogi	kai

想吃。
食べたいです。
tabetai desu

想聽。
聞きたいです。
kikitai desu

句型 我想到 _____ 。

場所＋まで行^いきたいです。
made ikitai desu

替換單字

新宿 しんじゅく **新宿** shinjuku	原宿 はらじゅく **原宿** harajuku

青山 あおやま **青山** aoyama	池袋 いけぶくろ **池袋** ikebukuro

我想到澀谷。
渋谷駅^{しぶやえき}まで行^いきたいです。
shibuya-eki made ikitai desu

我想到成田機場。
成田空港^{なりたくうこう}まで行^いきたいです。
narita-kuukoo made ikitai desu

句型 想 _____ 。

名詞＋を（に）＋動詞＋たいです。
　　　o　　ni　　　　　　tai desu

替換單字

煙火／看 はなび　み **花火／見** hanabi　mi

音樂會、演唱會／去聽 **コンサート／行^いき** konsaato　iki	當地美食／吃 とうち　　　　　た **ご当地グルメ／食べ** gotoochigurume　tabe

我想泡溫泉。
温泉^{おんせん}に入^{はい}りたいです。
onsen ni hairitai desu

我想預約房間。
部屋^{へや}を予約^{よやく}したいです。
heya o yoyakushitai desu

行前準備

正式起飛

旅宿時光

味蕾「趣」

私房路線

遊玩空間

血拚購物

看見日本

突發狀況

句型 我在找 ＿＿＿。

名詞＋を探しています。
o sagashite imasu

替換單字

褲子	球鞋、休閒鞋
ズボン zubon	**スニーカー** suniikaa

領帶	DVD
ネクタイ nekutai	**ＤＶＤ** ティーブイディー dii bui dii

 我在找裙子。
スカートを探しています。
sukaato o sagashite imasu

 我在找雨傘。
傘を探しています。
kasa o sagashite imasu

句型 我要 ＿＿＿。

名詞＋がほしいです。
ga hoshii desu

替換單字

同人誌	錄影機
同人誌 どうじんし doojinshi	**ビデオカメラ** bideokamera

底片	智慧型手機
フィルム firumu	**スマホ（スマートフォン）** sumaho(sumaatofon)

 我想要鞋子。
靴がほしいです。
くつ
kutsu ga hoshii desu

 我想要香水。
香水がほしいです。
こうすい
koosui ga hoshii desu

句型　很會 ＿＿＿＿。

名詞＋が上手です。
ga joozu desu

替換單字

煮菜
りょう り
料理
ryoori

籃球	英語	日語
バスケットボール	えい ご	に ほん ご
basukettobooru	**英語**	**日本語**
	eego	nihongo

很會唱歌。
うた　じょう ず
歌が上手です。
uta ga joozu desu

很會打網球。
じょう ず
テニスが上手です。
tenisu ga joozu desu

句型　太 ＿＿＿＿。

形容詞＋すぎます。
sugimasu

替換單字

低	小
ひく	ちい
低	**小さ**
hiku	chiisa

快	重
はや	おも
速	**重**
haya	omo

太貴。
たか
高すぎます。
taka sugimasu

太大。
おお
大きすぎます。
ooki sugimasu

句型	喜歡 _____ 。

名詞＋が好<su>す</su>きです。
ga suki desu

替換單字

網球	釣魚
テニス tenisu	**つり** tsuri

兜風	爬山
ドライブ doraibu	**登<su>と</su>山<su>ざん</su>** tozan

 喜歡漫畫。
漫<su>まん</su>画<su>が</su>が好きです。
manga ga suki desu

 喜歡電玩。
ゲームが好<su>す</su>きです。
geemu ga suki desu

句型	對 _____ 感興趣。

名詞＋に興味<su>きょうみ</su>があります。
ni kyoomi ga arimasu

替換單字

歷史	經濟
歴史<su>れきし</su> rekishi	**経済<su>けいざい</su>** keezai

電影	藝術
映画<su>えいが</su> eega	**芸術<su>げいじゅつ</su>** geejutsu

 對音樂有興趣。
音楽<su>おんがく</su>に興味<su>きょうみ</su>があります。
ongaku ni kyoomi ga arimasu

 對漫畫有興趣。
漫画<su>まんが</su>に興味<su>きょうみ</su>があります。
manga ni kyoomi ga arimasu

行前準備

正式起飛

旅宿時光

味蕾「趣」

私房路線

遊玩空間

血拚購物

看見日本

突發狀況

句型　在 _____ 有 _____ 。

場所＋で＋慶典＋があります。
de　　　　　ga arimasu

替換單字

青森／睡魔祭	徳島／阿波舞
青森（あおもり）／ねぶた祭（まつ）り	仙台／七夕祭
aomori　nebuta-matsuri	

青森／睡魔祭
青森（あおもり）／ねぶた祭（まつ）り
aomori　nebuta-matsuri

仙台／七夕祭
仙台（せんだい）／七夕祭（たなばたまつ）り
sendai　tanabata-matsuri

徳島／阿波舞
徳島（とくしま）／阿波踊（あわおど）り
tokushima　awa-odori

浅草有慶典。
浅草（あさくさ）でお祭（まつ）りがあります。
asakusa de o-matsuri ga arimasu

札幌有雪祭。
札幌（さっぽろ）で雪祭（ゆきまつ）りがあります。
sapporo de yuki-matsuri ga arimasu

句型　_____ 痛。

身體＋が痛（いた）いです。
ga itai desu

替換單字

肚子	腰
おなか	腰（こし）
onaka	koshi

膝蓋	牙齒
ひざ	歯（は）
hiza	ha

頭痛。
頭（あたま）が痛（いた）いです。
atama ga itai desu

腳痛。
足（あし）が痛（いた）いです。
ashi ga itai desu

行前準備

正式起飛

旅宿時光

味蕾「趣」

私房路線

遊玩空間

血拼購物

看見日本

突發狀況

句型 ＿＿＿＿ 丟了。

物品＋をなくしました。
o nakushimashita

替換單字

票	（信用）卡
チケット	**カード**
chiketto	kaado

護照	外套
パスポート	**コート**
pasupooto	kooto

錢包丟了。
財布をなくしました。
saifu o nakushimashita

相機丟了。
カメラをなくしました。
kamera o nakushimashita

句型 ＿＿＿＿ 忘了放在 ＿＿＿＿。

場所＋に＋物品＋を忘れました。
ni　　　　　　o wasuremashita

替換單字

桌上 ／ 車票	浴室 ／ 手錶
テーブルの上／切符	**バスルーム／腕時計**
teeburu no ue　kippu	basu-ruumu　udedokee

包包忘了放在巴士了。
バスにかばんを忘れました。
basu ni kaban o wasuremashita

鑰匙忘了放在房間了。
部屋に鍵を忘れました。
heya ni kagi o wasuremashita

句型　_____ 被偷了。

物品＋を盗まれました。
o nusumaremashita

替換單字

錢包	照相機
財布	カメラ
saifu	kamera

手錶	筆記電腦
腕時計	ノートパソコン
udedokee	nooto-pasokon

包包被偷了。
かばんを盗まれました。
kaban o nusumaremashita

傘被偷了。
傘を盗まれました。
kasa o nusumaremashita

句型　我想 _____ 。

句子＋と思っています。
to omotte imasu

替換單字

想當老師
先生になりたい
sensee ni naritai

想住在郊外	想到國外旅行
郊外に住みたい	海外旅行したい
koogai ni sumitai	kaigai-ryokooshitai

我想去日本。
日本に行きたいと思っています。
nihon ni ikitai to omotte imasu

我認為那個人是犯人。
あの人が犯人だと思っています。
ano hito ga hanninda to omotte imasu

打招呼

早安。
おはようございます。
ohayoo gozaimasu

你好。（白天）
こんにちは。
konnichiwa

你好。（晚上）
こんばんは。
konbanwa

晚安。（睡前）
おやすみなさい。
oyasuminasai

道別

再見。
さようなら。
sayoonara

再見。
失礼します。
shitsureeshimasu

再見。
それでは。
soredewa

再見。
バイバイ。
baibai

再見。
じゃあね。
jaane

一路小心。
お気をつけて。
oki o tsukete

行前準備 正式起飛 旅宿時光 味蕾「趣」 私房路線 遊玩空間 血拚購物 看見日本 突發狀況

回答

是。
はい。
hai

對，沒錯。
はい、そうです。
hai, soo desu

知道了。
わかりました。
wakarimashita

知道了。
かしこまりました。
kashikomarimashita

知道了。
承知しました。
shoochishimashita

這樣啊！
そうですか。
soodesuka

道謝

謝謝您了。
ありがとうございました。
arigatoo gozaimashita

謝謝。
どうも。
doomo

不好意思。（含有謝意）
すみません。
sumimasen

您真親切，謝謝。
ご親切にどうもありがとう。
goshinsetsu ni doomo arigatoo

謝謝照顧。
お世話になりました。
osewa ni narimashita

非常感謝了。
どうもすみません。
doomo sumimasen

不用客氣

不會。
いいえ。
iie

不客氣。
どういたしまして。
doo itashimashite

不要緊。
大丈夫ですよ。
daijoobu desuyo

我才要謝您的。
こちらこそ。
kochira koso

不要在意。
気にしないで。
ki ni shinaide

哪裡，別放在心上。
いいえ、かまいません。
iie, kamaimasen

道歉

不好意思。
すみません。
sumimasen

對不起。
ごめんなさい。
gomennasai

失禮了。
失礼しました。
shitsureeshimashita

抱歉。
申し訳ありません。
mooshiwake arimasen

麻煩您很多。
ご迷惑をおかけしました。
gomeewaku o okakeshimashita

真對不起。
大変失礼しました。
taihen shitsureeshimashita

行前準備
正式起飛
旅宿時光
味蕾「趣」
私房路線
遊玩空間
血拼購物
看見日本
突發狀況

請問一下

不好意思。
すみません。
sumimasen

可以耽誤一下嗎？
ちょっといいですか。
chotto ii desuka

打擾一下。
ちょっとすみません。
chotto sumimasen

請問一下……
ちょっとうかがいますが……。
chotto ukagaimasuga

我想問旅行的事……。
旅行のことですが……。
ryokoo no koto desuga

請問……。
あのう……。
anoo...

現在幾點了？

現在幾點？
今何時ですか。
ima nanji desuka

這是什麼？
これは何ですか。
kore wa nan desuka

這裡是哪裡？
ここはどこですか。
koko wa doko desuka

那是怎麼樣的書？
それはどんな本ですか。
sore wa donna hon desuka

貳 2

単元：艙關機場‧機海機場

我的日本小旅行，正式起飛！

ようこそ日本へ

句型 _____ 在哪裡？

名詞＋はどこですか。
wa doko desuka

替換單字

我的座位 私の席 watashi no seki	
商務客艙 ビジネスクラス bijinesu-kurasu	經濟艙 エコノミークラス ekonomii-kurasu
洗手間 トイレ toire	緊急出口 非常口 hijoo-guchi

請問這個座位在哪裡？（將機票給空服員看）
この席はどこですか。
kono seki wa doko desuka

請從這邊往前走，右手邊的靠窗座位。
こちらをお進みください。右手窓側でございます。
kochira o osusumi kudasai. migite madogawa de gozaimasu

就在那邊。
あちらでございます。
achira de gozaimasu

這個東西請給我一個。（指著機上購物型錄）
これ1つください。
kore hitotsu kudasai

請問可以用新台幣支付嗎？
台湾元使えますか。
taiwan-gen tsukaemasuka

我們只接受紙鈔。
紙幣のみお使いいただけます。
shihee nomi otsukai itadakemasu

請問要不要喝點飲料？
お飲み物はいかがですか。
onomimono wa ikaga desuka

請給我咖啡。
コーヒーお願いします。
koohii onegai shimasu

請問有哪些飲料？
何があるんですか。
nani ga arun desuka

請問含酒精飲料需要付費嗎？
アルコール類は有料ですか。
arukooru-rui wa yuuryoo desuka

請問有牛奶嗎？
牛乳はありますか。
gyuunyuu wa arimasuka

不好意思，我不曉得該怎麼關空調的出風口。
すみません、風の止め方が分からないんですが。
sumimasen, kaze no tomekata ga wakaranain desuga

請問該怎麼打開閱讀燈呢？
このライトはどうやってつけるんですか。
kono raito wa doo yatte tsukerun desuka

我沒辦法看影片耶……。
ビデオが見られないんですけど。
bideo ga mirarenain desukedo

目前正經過京都的上空。
ただいま、京都上空を通過しております。
tada ima, kyooto jookuu o tsuukashite orimasu

從雲隙間可以看到富士山。

雲の切れ間に、富士山がご覧になれます。

kumo no kirema ni, fujisan ga goran ni naremasu

目前飛機正通過一段不穩定的亂流。

ただいま当機は気流の悪いところを通過中でございます。

tada ima, tooki wa kiryuu no warui tokoro o tsuuka-chuu de gozaimasu

請回到您的座位，繫上安全帶。

座席にお戻りになり、シートベルトをお締めください。

zaseki ni omodorini nari, shiito-beruto o oshime kudasai

飛機即將降落。

まもなく着陸態勢に入ります。

mamonaku chakuriku taisee ni hairimasu

請您留在座位上，直到安全帶的指示燈號熄滅為止。

シートベルト着用のサインが消えるまでお待ちください。

shiito-beruto chakuyoo no sain ga kieru made omachi kudasai

下機前請慢慢收拾，別忘了您的隨身行李。

お降りの際は、お忘れ物のないよう、ごゆっくりお支度ください。

oori no sai wa, owasuremono no nai yoo, goyukkuri oshitaku kudasai

行李放不進去。

荷物が入りません。

nimotsu ga hairimasen

請借我過。

通してください。

tooshite kudasai

我想換座位。

席を替えてほしいです。

seki o kaete hoshii desu

可以將椅背倒下嗎？
席を倒してもいいですか。
せき たお
seki o taoshitemo ii desuka

幾點到達？
到着は何時ですか。
とうちゃく なんじ
toochaku wa nanji desuka

有中文報嗎？
中国語の新聞はありますか。
ちゅうごくご ご しんぶん
chuugokugo no shinbun wa arimasuka

可以給我果汁嗎？
ジュースをもらえますか。
juusu o moraemasuka

麻煩幫我把外套放進去。
コートをお願いします。
ねが
kooto o onegai shimasu

句型 　請給我 ＿＿＿＿＿。

名詞＋をください。
o kudasai

替換單字

牛肉	雞肉
ビーフ	チキン
biifu	chikin

魚 さかな	葡萄酒	啤酒	水 みず
魚	ワイン	ビール	お水
sakana	wain	biiru	omizu

毛毯 もうふ	枕頭 まくら	暈車藥 よ ど	報紙 しんぶん
毛布	枕	酔い止め	新聞
moofu	makura	yoidome	shinbun

行前準備
正式起飛
旅宿時光
味蕾「趣」
私房路線
遊玩空間
血拚購物
看見日本
突發狀況

句型 有＿＿＿＿嗎？

名詞＋はありますか。
wa arimasuka

替換單字

日本報紙
にほん しんぶん
日本の新聞
nihon no shinbun

入境卡
にゅうこく
入国カード
nyuukoku-kaado

感冒藥
か ぜ ぐすり
風邪薬
kazegusuri

英文雜誌
えい ご ざっ し
英語の雑誌
eego no zasshi

溫的飲料
あたた の もの
温かい飲み物
atatakai nomimono

請再給我一杯。
いっぱい
もう1杯ください。
moo ippai kudasai

是免費的嗎？
む りょう
無料ですか。
muryoo desuka

我身體不舒服。
き ぶん わる
気分が悪いです。
kibun ga warui desu

什麼時候到達？
つ
いつ着きますか。
itsu tsukimasuka

再 20 分鐘。
にじゅっ ぷん
あと20分です。
ato nijuppun desu

現在我們在哪裡？
いま
今、どのへんですか。
ima, dono hen desuka

請給我飲料。
の もの
飲み物をください。
nomimono o kudasai

 我肚子疼。
おなかが痛いです。
onaka ga itai desu

感到寒冷。
寒いです。
samui desu

相關單字

	雑誌 ざっし **雑誌** zasshi
耳機 **イヤホーン** iyahoon	香煙 **タバコ** tabako
葡萄酒 **ワイン** wain	機艙內販賣 き ない はん ばい **機内販売** kinai-hanbai
免稅商品 めん ぜい ひん **免税品** menzeehin	型錄 **カタログ** katarogu
圍巾 **スカーフ** sukaafu	香水 こう すい **香水** koosui

句型

Q：旅行の目的は何ですか。
りょこう　　もくてき　　なん
ryokoo no mokuteki wa nan desuka

旅行目的為何？

A：名詞＋です。
desu

是 ＿＿＿＿ 。

替換單字

観光 かんこう **観光** kankoo	留學 りゅうがく **留 学** ryuugaku

工作 し ごと **仕事** shigoto	會議 かい ぎ **会議** kaigi	出差 しゅっちょう **出張** shucchoo	商務 **ビジネス** bijinesu

探親 しんぞくほうもん **親族訪問** shinzoku-hoomon	探訪朋友 ち じんほうもん **知人訪問** chijin-hoomon

句型

Q：職業は何ですか。
しょくぎょう　　なん
shokugyoo wa nan desuka

你的職業是？

A：名詞＋です。
desu

是 ＿＿＿＿ 。

替換單字

學生 がくせい **学生** gakusee	上班族 **サラリーマン** sarariiman

粉領族 オーエル **OL** ooeru	家庭主婦 しゅふ **主婦** shufu	公司職員 かいしゃいん **会社員** kaishain

醫生 いしゃ **医者** isha	商店、公司等的負責人 けいえいしゃ **経営者** keeeesha

句型

Q：どこに滞在しますか。 要住在哪裡？
たいざい
doko ni taizaishimasuka

A：名詞＋です。 ＿＿＿＿。
desu

替換單字

飯店 **ホテル** hoteru	朋友家 ゆうじん いえ **友人の家** yuujin no ie

旅館 りょかん **旅館** ryokan	民宿 みんしゅく **民宿** minshuku	留學生宿舍 りゅうがくせいしゅくしゃ **留学生宿舎** ryuugakusee shukusha

兒子的家 むすこ いえ **息子の家** musuko no ie	同事的家 どうりょう いえ **同僚の家** dooryoo no ie

行前準備

正式起飛

旅宿時光

味蕾「趣」

私房路線

遊玩空間

血拚購物

看見日本

突發狀況

句型

Q：何日滞在しますか。
なんにちたいざい
nannichi taizaishimasuka

要待幾天？

A：期間＋です。
desu

_____。

替換單字

五天
いっ か かん
5日間
itsukakan

一星期	兩星期	一個月
いっしゅうかん	に しゅうかん	いっ か げつ
1週間	**2週間**	**1ヶ月**
isshuukan	nishuukan	ikkagetsu

十天	三天	大約兩個月
と お か かん	みっ か	やく に か げつ
10日間	**3日**	**約2ヶ月**
tookakan	mikka	yaku nikagetsu

句型   請 _____。

動詞＋ください。
kudasai

替換單字

開	讓我看
あ	み
開けて	**見せて**
akete	misete

等	說	看
ま	い	み
待って	**言って**	**見て**
matte	itte	mite

打開 **開いて** hiraite	關起來 **しまって** shimatte	拿出來 **出して** dashite

句型

Q：これは<ruby>何<rt>なん</rt></ruby>ですか。
kore wa nan desuka

A：<u>名詞</u>＋です。
desu

這是什麼？

是 ＿＿＿＿。

替換單字

	日常用品 **日用品** nichiyoohin

衣服 **服** fuku	相機 **カメラ** kamera	禮物 **プレゼント** purezento
香煙 **タバコ** tabako	日本酒 **日本酒** nihonshu	名產 **おみやげ** omiyage

洗臉用具 **洗面具** senmengu	筆記用具 **筆記用具** hikki-yoogu

圍巾 **スカーフ** sukaafu	感冒藥 **風邪薬** kazegusuri	字典 **辞書** jisho

請在八號窗口前排隊。

8番の窓口にお並びください。
hachiban no madoguchi ni onarabi kudasai

請問這個項目這樣填寫可以嗎？（填寫入境卡等）

ここの書き方はこれでいいですか。
koko no kakikata wa kore de ii desuka

是的，沒有問題。

はい、けっこうです。
hai, kekkoo desu

請將食指按在這裡。（指紋採樣時）

人差し指をここに置いてください。
hitosashiyubi o koko ni oite kudasai

請看這邊。（存錄個人臉部影像資料時）

こちらを見てください。
kochira o mite kudasai

請問一下，我還沒領到行李……。

荷物が出てこないんですが……。
nimotsu ga dete konain desuga

將由下一班飛機送到。

次の飛行機で着きます。
tsugi no hikooki de tsukimasu

非常抱歉，我們將會送到您的住宿地點。

申し訳ありません。ご宿泊先にお届けします。
mooshiwake arimasen. goshukuhaku saki ni otodoke shimasu

請將您的聯絡電話及地址寫在這裡。

こちらにご連絡先を記入してください。
kochira ni gorenraku saki o kinyuushite kudasai

請問您們是一塊來的嗎？（過海關時）
ご一緒ですか。
goissho desuka

請問只有您一位嗎？
お一人ですか。
ohitori desuka

 有沒有需要申報的物品呢？
申告するものはありませんか。
shinkokusuru mono wa arimasenka

有。／沒有。
はい。／いいえ。
hai　　iie

請讓我看一下裡面的物品。
ちょっと中身を拝見します。
chotto nakami o haikenshimasu

請問這是什麼？
これは何ですか。
kore wa nan desuka

 這是換穿的衣物和伴手禮。
着替えとおみやげです。
kigae to omiyage desu

請問您只有兩件行李嗎？
荷物は２つだけですか。
nimotsu wa futatsu dake desuka

我想租用行動電話。
携帯電話をレンタルしたいです。
keetai-denwa o rentarushitaidesu

行前準備

正式起飛

旅宿時光

味蕾「趣」

私房路線

遊玩空間

血拚購物

看見日本

突發狀況

句型　請 ＿＿＿＿＿ 。

名詞＋してください。
shite kudasai

替換單字

兌換外幣 りょうがえ **両替** ryoogae	
簽名 **サイン** sain	確認 かくにん **確認** kakunin

可以全都以一萬日圓的鈔票兌換給您嗎？
すべ　いちまんえんさつ
全て1万円札でもよろしいですか。
subete ichiman-en-satsu demo yoroshii desuka

手續費是〇〇日圓。
て すうりょう
手数料が〇〇かかります。
tesuuryoo ga 〇〇 kakarimasu

找零是〇〇日圓。

おつりは〇〇です。
otsuri wa 〇〇 desu

請讓我看一下護照。
み
パスポートを見せてください。
pasupooto o misete kudasai

麻煩您在這裡簽名。

ここにサインをお願いします。
koko ni sain o onegai shimasu

這樣可以嗎？

これでいいですか。
kore de ii desuka

給我一張電話卡。

テレホンカード1枚ください。
terehon-kaado ichimai kudasai

喂，我是台灣的小李。

もしもし、台湾の李です。
moshi moshi, taiwan no ri desu

陽子小姐在嗎？

陽子さんはいらっしゃいますか。
yooko-san wa irasshaimasuka

我剛到日本。

ただ今、日本に着きました。
tada ima, nihon ni tsukimashita

那麼就在新宿車站見面吧！

では、新宿駅で会いましょう。
dewa, shinjuku-eki de aimashoo

在哪裡碰面好呢？

どこで会いましょうか。
doko de aimashooka

知道南出口在哪裡嗎？

南口はわかりますか。
minamiguchi wa wakarimasuka

搭成田 Express 去。

成田エクスプレスで行きます。
narita-ekusupuresu de ikimasu

在 JR 的剪票口等你。

JRの改札口で待っています。
jee aaru no kaisatsuguchi de matte imasu

待會兒見。

では、また後で。
dewa, mata atode

行前準備

正式起飛

旅宿時光

味蕾「趣」

私房路線

遊玩空間

血拚購物

看見日本

突發狀況

相關單字

打電話 でんわ **電話する** denwasuru	手機 けいたいでんわ **携帯電話** keetai-denwa

留言 **メッセージ** messeeji	外出中 がいしゅつちゅう **外出中** gaishutsu-chuu	不在家 る　す **留守** rusu	出門 で **出かける** dekakeru

留言、傳話 でんごん **伝言** dengon	鈴聲 はっしんおん **発信音** hasshin'on	要事 ようけん **ご用件** goyooken

日本航空櫃檯在哪裡？
に　ほんこうくう
日本航空のカウンターはどこですか。
nihon-kookuu no kauntaa wa doko desuka

我要辦登機手續。
チェックインお願いします。
ねが
chekku-in onegai shimasu

有靠窗的座位嗎？
まどがわ　　せき
窓側の席はありますか。
madogawa no seki wa arimasuka

靠走道好。
つうろがわ
通路側がいいです。
tsuurogawa ga ii desu

是商務艙。
ビジネスクラスです。
bijinesu-kurasu desu

是經濟艙。
エコノミークラスです。
ekonomii-kurasu desu

有行李要寄放嗎？
預ける荷物はありますか。
azukeru nimotsu wa arimasuka

請在那邊的窗口前排隊。
あちらの窓口にお並びください。
achira no madoguchi ni onarabi kudasai

我已經完成網路報到了。
ウェブチェックインしました。
webu-chekku-inshimashita

只剩下靠窗的座位了。
窓側のお席しか空いておりません。
madogawa no oseki shika aite orimasen

請將行李放在這裡。
お荷物をここに載せてください。
onimotsu o koko ni nosete kudasai

請問您的行李就是這些了嗎？
お荷物はこれで全部ですか。
onimotsu wa kore de zenbu desuka

這件行李超重了。
この荷物は重すぎます。
kono nimotsu wa omosugimasu

我們必須加收超重費，可以嗎？
追加料金がかかりますが、よろしいですか。
tsuika-ryookin ga kakarimasuga, yoroshii desuka

行前準備

正式起飛

旅宿時光

味蕾「趣」

私房路線

遊玩空間

血拼購物

看見日本

突發狀況

我將行李條貼在這裡。

荷物の控えはここに貼っておきます。

nimotsu no hikae wa koko ni hatte okimasu

您的行李將會直掛到高雄。

お荷物は高雄まで行きます。

onimotsu wa takao made ikimasu

請將液體物品托運。

液体は預けてください。

ekitai wa azukete kudasai

請問有沒有裝入易碎物品或危險物品呢？

割れ物や危険物などは入っていませんか。

waremono ya kikenbutsu nado wa haitte imasenka

請問護手乳可以帶上飛機嗎？

ハンドクリームは持ち込めますか。

hando-kuriimu wa mochikomemasuka

這個不可以帶上飛機。

これは持ち込めません。

kore wa mochikomemasen

請在那裡丟棄。

そこに捨ててください。

soko ni sutete kudasai

那麼，我現在喝掉。
じゃ、今、飲んでしまいます。
ja, ima, nonde shimaimasu

請問哪裡有賣夾鍊袋呢？
チャック袋はどこで売っていますか。
chakku-bukuro wa doko de utte imasuka

請問可以將行李箱上鎖嗎？
スーツケースに鍵をかけてもいいですか。
suutsu-keesu ni kagi o kaketemo ii desuka

沒關係的。
かまいません。
kamaimasen

請先確認您的行李已經通過Ｘ光機檢查後，再前往登機門。
荷物が通るのを確認してからゲートへお進みください。
nimotsu ga tooru no o kakuninshite kara geeto e osusumi kudasai

請問Ｄ－5登機門在哪裡呢？
Ｄ－5ゲートはどちらですか。
dii-go geeto wa dochira desuka

請問這裡有沒有可以免費上網的地方呢？
ネットが無料で使えるところはありますか。
netto ga muryoo de tsukaeru tokoro wa arimasuka

這前面有一處。
この先にございます。
kono saki ni gozaimasu

行前準備

正式起飛

旅宿時光

味蕾「趣」

私房路線

遊玩空間

血拚購物

看見日本

突發狀況

不好意思，沒有地方可以免費上網。

あいにく、無料で使えるところはございません。
ainiku, muryoo de tsukaeru tokoro wa gozaimasen

二樓倒是有個地方可以上網，不過需要付費使用。

有料でよろしければ、2階にございます。
yuuryoo de yoroshikereba, nikai ni gozaimasu

請問吸菸區在哪裡？

喫煙所はどこですか。
kitsuensho wa doko desuka

請問您口袋裡有沒有裝著什麼東西呢？（通過金屬探測門時）

ポケットに何か入っていませんか。
poketto ni nanika haitte imasenka

請取下皮帶。

ベルトを取ってください。
beruto o totte kudasai

請脫掉鞋子。

靴を脱いでください。
kutsu o nuide kudasai

請先準備好您的護照和登機證。

パスポートと搭乗券をご用意ください。
pasupooto to toojooken o goyooi kudasai

請將護照套夾拿掉，稍待一下。

パスポートはカバーを外してお待ちください。
pasupooto wa kabaa o hazushite omachi kudasai

只要出示登機證即可。

搭乗券だけでけっこうです。
toojooken dakede kekkoo desu

行前準備

正式起飛

旅宿時光

味蕾「趣」

私房路線

遊玩空間

血拚購物

看見日本

突發狀況

句型　麻煩我寄 ＿＿＿＿ 。

名詞＋でお願いします。
de onegai shimasu

替換單字

| 空運 こうくうびん 航空便 kookuubin | 船運 ふなびん 船便 funabin |

| 掛號 かきとめ 書留 kakitome | 包裹 こづつみ 小包 kozutsumi | 宅急便 たくはいびん 宅配便 takuhaibin | 限時專送 そくたつ 速達 sokutatsu |

費用多少？
りょうきん
料金はいくらですか。
ryookin wa ikura desuka

麻煩寄到台灣。
たいわん　　　　　ねが
台湾までお願いします。
taiwan made onegai shimasu

請給我明信片 10 張。
じゅう まい
はがきを 10 枚ください。
hagaki o juumai kudasai

哪一個便宜？
やす
どちらが安いですか。
dochira ga yasui desuka

有寄包裹的箱子嗎？
こづつみ　はこ
小包の箱はもらえますか。
kozutsumi no hako wa moraemasuka

麻煩寄航空信。
ねが
エアメールでお願いします。
ea-meeru de onegai shimasu

大概什麼時候寄到？
つ
どのぐらいで着きますか。
dono gurai de tsukimasuka

給我一個郵件袋。
ふくろ　いちまい
ゆうパックの袋を 1 枚ください。
yuu-pakku no fukuro o ichimai kudasai

超好用單字表：
數字

1 **1（いち）** ichi	2 **2（に）** ni

3 **3（さん）** san	4 **4（よん／し）** yon／shi	5 **5（ご）** go	6 **6（ろく）** roku
7 **7（なな／しち）** nana／shichi	8 **8（はち）** hachi	9 **9（く／きゅう）** ku／kyuu	10 **10（じゅう）** juu
20 **20（にじゅう）** nijuu	30 **30（さんじゅう）** sanjuu	40 **40（よんじゅう）** yonjuu	50 **50（ごじゅう）** gojuu
60 **60（ろくじゅう）** rokujuu	70 **70（ななじゅう）** nanajuu	80 **80（はちじゅう）** hachijuu	90 **90（きゅうじゅう）** kyuujuu
100 **100（ひゃく）** hyaku	200 **200（にひゃく）** nihyaku	300 **300（さんびゃく）** sanbyaku	400 **400（よんひゃく）** yonhyaku

500 **500（ごひゃく）** gohyaku	600 **600（ろっぴゃく）** roppyaku	700 **700（ななひゃく）** nanahyaku

800 **800（はっぴゃく）** happyaku	900 **900（きゅうひゃく）** kyuuhyaku
1000 **1,000（せん）** sen	10000 **1,0000（いちまん）** ichiman

參 3

最暖心的日本旅宿好時光

おもてなしの宿に泊まろう

句型 ＿＿＿ 多少錢？

名詞（は…）＋いくらですか。
wa　　　　　ikura desuka

替換單字

一晚 いっぱく **1泊** ippaku	一個人 ひとり **1人** hitori

兩張單人床房間	一張雙人床房間
ツインは tsuin wa	**ダブルは** daburu wa

單人床房間	這個房間
シングルは shinguru wa	**この部屋は** kono heya wa

總統套房	兩個人
スイートルームは suiito-ruumu wa	ふたり **2人で** futari de

我想預約。
よやく
予約したいです。
yoyakushitai desu

有附早餐嗎？
ちょうしょく
朝食はつきますか。
chooshoku wa tsukimasuka

那樣就可以了。
ねが
それでお願いします。
sore de onegai shimasu

三個人可以住同一間房間嗎？
さんにんひと へ や
3人1部屋でいいですか。
sannin hitoheya de ii desuka

有餐廳嗎？

レストランはありますか。
resutoran wa arimasuka

有沒有更便宜的房間？

もっと安い部屋はありませんか。
motto yasui heya wa arimasenka

幾點開始住宿登記？

チェックインは何時からですか。
chekku-in wa nanji kara desuka

您預約的是三晚住宿，不含餐食。

お食事なしの3泊で承っております。
oshokuji nashi no san-paku de uketamawatte orimasu

若是多加一千零五十日圓，就可以享用早餐。

プラス 1,050 円でご朝食が付けられますが。
purasu sengojuu-en de gochooshoku ga tukeraremasuga

那麼，就這樣吧。

じゃ、お願いします。
ja, onegai shimasu

不，不用了。

いえ、けっこうです。
ie, kekkoo desu

請問可以進去房間了嗎？

もう部屋に入れますか。
moo heya ni hairemasuka

我馬上為您確認。

ただ今確認いたします。
tada ima kakunin itashimasu

行前準備

正式起飛

旅宿時光

味蕾「趣」

私房路線

遊玩空間

血拼購物

看見日本

突發狀況

已經可以使用了。

もうお使いになれます。
moo otsukaini naremasu

非常抱歉，現在還沒有準備好。

恐れ入りますがまだご準備ができておりません。
osoreirimasuga, mada gojunbi ga dekite orimasen

可以先寄放行李嗎？（尚未入住時）

荷物だけ預かってもらえますか。
nimotsu dake azukatte moraemasuka

沒有門禁。

門限はございません。
mongen wa gozaimasen

門禁是十二點。

門限は 12 時でございます。
mongen wa juuniji de gozaimasu

如果您將於十二點以後回來，請在出門前告知一聲。

お帰りが 12 時を過ぎる場合は、お出かけ前におっしゃってください。
okaeri ga juuniji o sugiru baai wa, odekake-mae ni osshatte kudasai

我知道了。(飯店服務人員用語)

かしこまりました。
kashikomarimashita

請問公用浴池在幾樓呢？

大浴場は何階ですか。
daiyokujoo wa nangai desuka

請問附近有可以吃到懷石料理的餐廳嗎？

近くで懷石料理が食べられる店はありますか。
chikaku de kaiseki ryoori ga taberareru mise wa arimasuka

我想在房間裡使用網路。

部屋でネットが使いたいです。
heya de netto ga tsukaitai desu

使用時請依照這裡的說明。

こちらの説明に沿ってお使いください。
kochira no setsumee ni sotte otsukai kudasai

早餐是日式和西式兼具的自助餐。

ご朝食は和洋バイキングです。
gochooshoku wa wayoo baikingu desu

早餐時段是從七點到九點。

ご朝食は7時から9時まででございます。
gochooshoku wa shichiji kara kuji made de gozaimasu

這是女性房客專屬的禮物。

こちらは女性のお客様へのプレゼントでございます。
kochira wa josee no okyakusama e no purezento de gozaimasu

請填寫從這裡到這裡的項目。

ここからここまでご記入ください。
koko kara koko made gokinyuu kudasai

請將鑰匙插在房門的旁邊。

ドアのそばに鍵を挿すところがございます。
doa no soba ni kagi o sasu tokoro ga gozaimasu

自動販賣機位於一樓電梯旁。

自動販売機は1階エレベーター横にございます。
jidoohanbaiki wa ikkai erebeetaa yoko ni gozaimasu

行前準備

正式起飛

旅宿時光

味蕾「趣」

私房路線

遊玩空間

血拚購物

看見日本

突發狀況

可以麻煩您先預刷一張信用卡的空白簽帳單嗎？

カードの控えを取らせていただいてよろしいですか。

kaado no hikae o torasete itadaite yoroshii desuka

需收取百分之十的服務費。

サービス料が 10 パーセントかかります。

saabisuryoo ga juppaasento kakarimasu

我想要寄放貴重物品。

貴重品を預かってほしいんですが。

kichoohin o azukatte hoshiin desuga

請確認裡面的物品是否無誤。

中身はこれで間違いございませんか。

nakami wa kore de machigai gozaimasenka

對，沒問題。

はい、大丈夫です。

hai, daijoobu desu

請使用您房間裡的保險箱。

お部屋のセーフティ・ボックスをご利用ください。

oheya no seefuti bokkusu o goriyoo kudasai

我可以拿走這個嗎？（宣傳單等）

これ、いただいてもいいですか。

kore, itadaitemo ii desuka

好的，歡迎取用。

はい、どうぞお持ちください。

hai, doozo omochi kudasai

可以傳真嗎？
ファックス送れますか。
fakkusu okuremasuka

我不知道該怎麼使用煮水壺。
湯沸しの使い方が分かりません。
yuwakashi no tsukaikata ga wakarimasen

廁所正在漏水。
トイレの水が漏れています。
toire no mizu ga morete imasu

您出門的期間有電話留言。
お留守の間にお電話がございました。
orusu no aida ni odenwa ga gozaimashita

喂？敝姓陳。
もしもし、陳ですが。
moshimoshi, chin desuga

您有電話，現在為您轉接。
お電話でございます。おつなぎいたします。
odenwa de gozaimasu. otsunagi itashimasu

好像是撥錯號碼了。(接到對方打錯電話時)
番号をお間違えのようです。
bangoo o omachigae no yoo desu

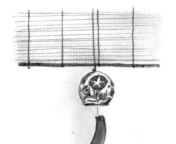

行前準備

正式起飛

旅宿時光

味蕾「趣」

私房路線

遊玩空間

血拼購物

看見日本

突發狀況

敝姓陳。
こちらは陳です。
kochira wa chin desu

這裡沒有姓佐藤的人。
佐藤という人はいません。
satoo to iu hito wa imasen

這樣啊？對不起。（打錯電話時）
そうですか。すみません。
soo desuka. sumimasen.

可以把行李寄放到傍晚嗎？
夕方まで荷物を預かってもらえますか。
yuugata made nimotsu o azukatte moraemasuka

這是領取證。
こちらは引換証でございます。
kochira wa hikikaeshoo de gozaimasu

這樣已經完成退房手續了。（飯店服務人員用語）
これでけっこうです。
kore de kekkoo desu

請慢走，路上小心。
お気をつけて行ってらっしゃいませ。
oki o tsukete itterasshaimase

行前準備

正式起飛

旅宿時光

味蕾「趣」

私房路線

遊玩空間

血拚購物

看見日本

突發狀況

句型 麻煩＿＿＿＿。

名詞＋をお願いします。
o onegai shimasu

替換單字

入房登記
チェックイン
chekku-in

行李	簽名	說明	鑰匙
荷物	サイン	説明	鍵
nimotsu	sain	setsumee	kagi

有預約。
予約してあります。
yoyakushite arimasu

沒預約。
予約してありません。
yoyakushite arimasen

我叫李明寶。
李明宝といいます。
ri meehoo to iimasu

幾點退房？
チェックアウトは何時ですか。
chekku-auto wa nanji desuka

在哪裡吃早餐？
朝食はどこで食べますか。
chooshoku wa doko de tabemasuka

有保險箱嗎？
金庫はありますか。
kinko wa arimasuka

有街區的地圖嗎？
街の地図はありますか。
machi no chizu wa arimasuka

請幫我搬行李。
荷物を運んでください。
nimotsu o hakonde kudasai

句型 請 _____ 。

名詞＋を＋動詞＋ください。
　　　o　　　　　kudasai

替換單字

	房間／更換
	部屋／替えて
	heya kaete

熨斗／借我	行李／搬運
アイロン／貸して	荷物／運んで
airon kashite	nimotsu hakonde

地方／告訴我	使用方法／教
場所／教えて	使い方／教えて
basho oshiete	tsukaikata oshiete

毛巾／更換	床單／更換
タオル／換えて	シーツ／換えて
taoru kaete	shiitsu kaete

請打掃房間。
部屋を掃除してください。
heya o soojishite kudasai

請再給我一條毛巾。
タオルをもう1枚ください。
taoru o moo ichimai kudasai

鑰匙不見了。
鍵をなくしました。
kagi o nakushimashita

沒有開瓶器。
栓抜きがありません。
sennuki ga arimasen

可以給我冰塊嗎？
氷はもらえますか。
koori wa moraemasuka

電視是壞的。
テレビが壊れています。
terebi ga kowarete imasu

房間好冷。
部屋が寒いです。
heya ga samui desu

我要英文版報紙。
英語の新聞がほしいです。
eego no shinbun ga hoshii desu

衣架不夠。
ハンガーが足りません。
hangaa ga tarimasen

100 號客房。
100 号室です。
hyakugooshitsu desu

我要客房點餐服務。
ルームサービスをお願いします。
ruumu-saabisu o onegai shimasu

給我一客比薩。
ピザを一つください。
piza o hitotsu kudasai

早上 6 點請叫醒我。
朝6時にモーニングコールをお願いします。
asa rokuji ni mooningu-kooru o onegai shimasu

私の旅行小趣事 ...

行前準備

正式起飛

旅宿時光

味蕾「趣」

私房路線

遊玩空間

血拚購物

看見日本

突發狀況

麻煩幫我安排按摩服務。
マッサージをお願いします。
massaaji o onegai shimasu

想預約餐廳。
レストランの予約をしたいです。
resutoran no yoyaku o shitai desu

想打國際電話。
国際電話をかけたいです。
kokusai-denwa o kaketai desu

有游泳池嗎？
プールはありますか。
puuru wa arimasuka

相關單字

	衛生紙	
	トイレットペーパー	
	toirettopeepaa	

吹風機	洗髮精	潤絲精
ドライヤー	**シャンプー**	**リンス**
doraiyaa	shanpuu	rinsu

刷牙用具組	淋浴	開瓶器
歯磨きセット	**シャワー**	**栓抜き**
hamigaki-setto	shawaa	sennuki

小刀	枕頭	棉被
ナイフ	**枕**	**布団**
naifu	makura	futon

毛毯	床單
毛布	**シーツ**
moofu	shiitsu

我要退房。

チェックアウトをお願いします。
chekku-auto o onegai shimasu

これは何ですか。
kore wa nan desuka

這是什麼？

沒有使用迷你吧。

ミニバーは利用していません。
mini-baa wa riyooshite imasen

請給我收據。

領収書をください。
ryooshuusho o kudasai

麻煩我要刷卡。

カードでお願いします。
kaado de onegai shimasu

請簽名。

サインしてください。
sain shite kudasai

麻煩確認一下。

確認をお願いします。
kakunin o onegai shimasu

相關單字

冰箱	明細
冷蔵庫 reezooko	明細 meesai

稅金	服務費	迷你吧	收據
稅金 zeekin	サービス料 saabisuryoo	ミニバー mini-baa	領収書 ryooshuusho

電話費	傳真費用
電話代 denwadai	ファックス代 fakkusudai

MEMO

肆 4

單元　美食尋訪
訂位點餐
結帳

美味上桌，犒賞味蕾「趣」

話題のグルメを味わう

句型 _____ 多少錢？

名詞＋數量＋いくらですか。
ikura desuka

替換單字

豆沙糯米飯糰／兩個 **おはぎ／二つ** ohagi　futatsu	

麻薯／三個 **おもち／三つ** omochi　mittsu	仙貝／一盒 **お煎餅／一箱** osenbee　hitohako
銅鑼燒／四個 **どら焼き／四つ** dorayaki　yottsu	這個／一個 **これ／一つ** kore　hitotsu
蘋果／一堆 **りんご／1山** ringo　hitoyama	花／一束 **花／1束** hana　hitotaba
茄子／一盤 **なす／1皿** nasu　hitosara	雨傘／一支 **かさ／1本** kasa　ippon
刨冰／一份 **かき氷／一つ** kakigoori　hitotsu	秋刀魚／一盤 **さんま／1皿** sanma　hitosara
麻薯丸子／兩串 **お団子／2串** odango　futakushi	礦泉水／一瓶 **ミネラルウォーター／1本** mineraru-wootaa　ippon

葡萄／一盒
ぶどう／1箱
budoo　hitohako

罐裝啤酒／一罐
缶ビール／1本
kan-biiru　ippon

紙巾／一包
ティッシュ／一つ
tisshu　hitotsu

歡迎光臨。
いらっしゃいませ。
irasshaimase

可以試吃嗎？
試食してもいいですか。
shishokushitemo ii desuka

這個請給我一盒。
これをワンパックください。
kore o wanpakku kudasai

算我便宜一點嘛！
まけてくださいよ。
makete kudasaiyo

再買一個。
もう一つ買います。
moo hitotsu kaimasu

全部多少錢？
全部でいくらですか。
zenbu de ikura deuska

有沒有更便宜的？
もっと安いのはありますか。
motto yasui no wa arimasuka

這好吃嗎？
これは、おいしいですか。
kore wa, oishii desuka

行前準備
正式起飛
旅宿時光
味蕾「趣」
私房路線
遊玩空間
血拚購物
看見日本
突發狀況

句型 附近有 ＿＿＿＿＿ 嗎？

近<ruby>く<rt>ちか</rt></ruby>に＋**商店**＋はありますか。
chikaku ni　　　　　　wa arimasuka

替換單字

	拉麵店 ラーメン屋 raamen-ya
壽司店 鮨屋・寿司屋 sushi-ya	開放式咖啡店 オープンカフェ oopun-kafe
闔家餐廳 ファミリーレストラン famirii-resutoran	義大利餐廳 イタリア料理店 itaria-ryoori-ten
印度餐廳 インド料理店 indo-ryoori-ten	中華料理店 中華料理店 chuuka-ryoori-ten
牛丼飯專賣店 牛丼屋 gyuudon-ya	烤肉店 焼き肉屋 yakiniku-ya
日本料理店 日本料理店 nihon-ryoori-ten	迴轉壽司店 回転鮨・回転寿司 kaiten-zushi
料亭（日本傳統料理店） 料亭 ryootee	披薩店 ピザ屋 piza-ya

價錢多少？
値段はどれくらいですか。
nedan wa dore kurai desuka

好吃嗎？
おいしいですか。
oishii desuka

地方在哪裡？
場所はどこですか。
basho wa doko desuka

想吃壽司。
鮨が食べたいです。
sushi ga tabetai desu

有天婦羅店嗎？
天ぷら屋はありますか。
tenpura-ya wa arimasuka

什麼好吃呢？
何がおいしいですか。
nani ga oishii desuka

你推薦什麼？
おすすめはなんですか。
osusume wa nan desuka

私の旅行小趣事...

行前準備

正式起飛

旅宿時光

味蕾「趣」

私房路線

遊玩空間

血拼購物

看見日本

突發狀況

句型　給我 ＿＿＿＿＿。

名詞＋ください。
kudasai

替換單字

	漢堡 **ハンバーガー** hanbaagaa
薯條 **フライドポテト** furaidopoteto	沙拉 **サラダ** sarada
可樂 **コーラ** koora	蕃茄醬 **ケチャップ** kechappu

不好意思，請您先購買餐券。
すみません、先に食券をお求めください。
sumimasen, saki ni shokken o omotome kudasai

請問是內用嗎？
こちらでお召し上がりですか。
kochira de omeshiagari desuka

請問要外帶嗎？
お持ち帰りですか。
omochikaeri desuka

在這裡吃。
ここで食べます。
koko de tabemasu

外帶。
テイクアウトします。
teiku-autoshimasu

全部多少錢？
全部でいくらですか。
zenbu de ikura desuka

請給我大的。
大きいのをください。
ookii no o kudasai

我要附咖啡。
コーヒーを付けてください。
koohii o tsukete kudasai

也給我砂糖跟奶精。
砂糖とミルクもください。
satoo to miruku mo kudasai

有餐巾嗎？
ナプキンはありますか。
napukin wa arimasuka

便當要加熱嗎？
お弁当は温めますか。
obentoo wa atatamemasuka

幫我加熱。
温めてください。
atatamete kudasai

需要筷子嗎？
お箸はいりますか。
ohashi wa irimasuka

收您一千日圓。
1,000 円お預かりします。
sen-en oazukari shimasu

找您兩百日圓。
200 円のおつりです。
nihyaku-en no otsuri desu

需要湯匙嗎？
スプーンはいりますか。
supuun wa irimasuka

麻煩您。
お願いします。
onegai shimasu

果汁在哪裡？
ジュースはどこですか。
juusu wa dokodesuka

請給我 70 日圓的郵票。
70 円切手をください。
nanajuu-en kitte o kudasai

行前準備

正式起飛

旅宿時光

味蕾「趣」

私房路線

遊玩空間

血拚購物

看見日本

突發狀況

[相關單字]

便利商店
コンビニ（エンスストア）
konbini(ensu-sutoa)

收銀台	咖啡	果汁	熱狗堡
レジ	**コーヒー**	**ジュース**	**ホットドッグ**
reji	koohii	juusu	hotto-doggu

袋子	找零	打折	降價、減價
袋 (ふくろ)	**おつり**	**割引** (わりびき)	**値引き** (ね び)
fukuro	otsuri	waribiki	nebiki

碗麵	小點心	保特瓶
カップラーメン	**スナック菓子** (が し)	**ペットボトル**
kappu-raamen	sunakku-gashi	petto-botoru

[句型] 在 _____ 。

時間＋で＋人數＋です。
de　　　　desu

[替換單字]

今晚 7 點／兩人
今晚 7 時（こんばんしち じ）／**2人**（ふ た り）
konban shichiji futari

明晚 8 點／四人	今天 6 點／三個人
明日の夜 8 時（あした よるはちじ）／**4人**（よ にん）	**今日の 6 時**（きょう ろく じ）／**3人**（さんにん）
ashita no yoru hachiji yonin	kyoo no rokuji sannin

星期六 8 點／十個人
土曜日の 8 時（ど よう び はち じ）／**10人**（じゅう にん）
doyoobi no hachiji juunin

我姓李。
李と申します。
ri to mooshimasu

套餐多少錢？
コースはいくらですか。
koosu wa ikura desuka

請給我靠窗的座位。
窓側の席をお願いします。
madogawa no seki o onegai shimasu

請問您要吸菸嗎？
おタバコはお吸いになりますか。
otabako wa osui ni narimasuka

目前的時段是全餐廳禁煙。
ただ今のお時間は全席禁煙となっております。
tada ima no ojikan wa zenseki kin'en to natte orimasu

請問您想坐榻榻米式的座席，還是桌椅式的座位？
座敷とテーブル席どちらがよろしいですか。
zashiki to teeburuseki dochira ga yoroshii desuka

請問吧臺座位可以嗎？
カウンターでもよろしいですか。
kauntaa demo yoroshii desuka

請問可以換到那邊的座位嗎？
あちらの席に移ってもいいですか。
achira no seki ni utsuttemo ii desuka

行前準備
正式起飛
旅宿時光
味蕾「趣」
私房路線
遊玩空間
血拚購物
看見日本
突發狀況

也有壽喜燒嗎？
すき焼きもありますか。
sukiyaki mo arimasuka

也能喝酒嗎？
お酒も飲めますか。
osake mo nomemasuka

從車站很近嗎？
駅から近いですか。
eki kara chikai desuka

請多多指教。
よろしくお願いします。
yoroshiku onegai shimasu

我姓李，預約 7 點。
李です。7時に予約してあります。
ri desu. shichiji ni yoyakushite arimasu

四人。
4人です。
yonin desu

有非吸煙區嗎？
禁煙席はありますか。
kin'enseki wa arimasuka

沒有預約。
予約してありません。
yoyakushite arimasen

要等多久？
どれくらい待ちますか。
dore kurai machimasuka

有很多人嗎？
混んでいますか。
konde imasuka

那麼，我下次再來。
では、またにします。
dewa, mata ni shimasu

那麼，我等。
では、待ちます。
dewa, machimasu

有靠窗的位子嗎？
窓際はあいていますか。
madogiwa wa aite imasuka

相關單字

吸煙區 きつえんせき **喫煙席** kitsuenseki	包廂 こしつ **個室** koshitsu

席位已滿 まんせき **満席** manseki	空出 あ **空く** aku	餐桌 **テーブル** teeburu	吧臺 **カウンター** kauntaa

請給我菜單。
メニューを見せてください。
menyuu o misete kudasai

我要點菜。
ちゅうもん ねが
注文をお願いします。
chuumon o onegai shimasu

推薦菜是什麼？
りょうり なん
おすすめ料理は何ですか。
osusume-ryoori wa nan desuka

這是什麼樣的菜？
りょうり
これは、どんな料理ですか。
kore wa, donna ryoori desuka

是魚還是肉？
さかな にく
魚ですか。肉ですか。
sakana desuka. niku desuka

有什麼點心？
なに
デザートは、何がありますか。
dezaato wa, nani ga arimasuka

那麼我要這個。
では、これにします。
dewa, kore ni shimasu

麻煩兩個 B 套餐。
ふた ねが
Bコースを二つ、お願いします。
bii-koosu o futatsu, onegai shimasu

飲料有咖啡和紅茶，請問您要哪一種？
の もの こうちゃ
お飲み物はコーヒー、紅茶、どちらがよろしいですか。
onomimono wa koohii, koocha, dochira ga yoroshii desuka

行前準備

正式起飛

旅宿時光

味蕾「趣」

私房路線

遊玩空間

血拚購物

看見日本

突發狀況

飲料的選擇有咖啡、紅茶、烏龍茶和柳橙汁。

お飲み物はコーヒー、紅茶、ウーロン茶、
オレンジジュースからお選びいただけます。

onomimono wa koohii, koocha, uuroncha, orenji-juusu kara oerabi itadakemasu

請問您的紅茶要加入牛奶還是檸檬片呢？

紅茶はミルクとレモンどちらをお付けしますか。

koocha wa miruku to remon dochira o otsuke shimasuka

只要加一百五十日圓，就可以附上湯、沙拉和飲料變成套餐。

１５０円追加でスープ、サラダ、飲み物のセットが付きます。

hyakugojuu-en tsuika de suupu, sarada, nomimono no setto ga tsukimasu

這樣嗎？那麼我要套餐。

そうですか。ではセットで。

soo desuka. dewa setto de

不用了。

けっこうです。

kekkoo desu

今天的推薦菜品寫在那邊的黑板上。

本日のおすすめはあちらの黒板に書いてございます。

honjitsu no osusume wa achira no kokuban ni kaite gozaimasu

不好意思，那部分的菜品今天已經販售完畢。

すみませんが、そちらは今日はもう終わってしまいましたので。

sumimasenga, sochira wa kyoo wa moo owatte shimaimashita node

請問這道菜裡面有放肉嗎？

これ、肉は入っていませんか。

kore, niku wa haitte imasenka

 請問飲料要什麼時候送上呢？

お飲み物はいつお持ちしましょうか。
onomimono wa itsu omochishimashooka

麻煩一下。（呼喚餐廳服務人員時）

すみません。
sumimasen

行前準備

正式起飛

旅宿時光

味蕾「趣」

私房路線

遊玩空間

血拼購物

看見日本

突發狀況

| 句型 | 我要 _____ 。 |

料理＋にします。
ni shimasu

替換單字

壽司 **鮨・寿司** sushi	天婦羅套餐 **天ぷら定食** tenpura teeshoku

涮涮鍋 **しゃぶしゃぶ** shabushabu	壽喜燒 **すき焼き** sukiyaki	炸豬排 **とんカツ** tonkatsu	黑輪 **おでん** oden
鰻魚飯 **うな重** unajuu	烏龍麵 **うどん** udon	拉麵 **ラーメン** raamen	手捲 **手巻き** temaki
豬排飯 **カツ丼** katsudon	梅花套餐 **梅定食** ume teeshoku	A套餐 **Aコース** ee koosu	披薩 **ピザ** piza

義大利麵 **スパゲッティ** supagetti	燒賣 **シューマイ** shuumai	烤肉 **焼き肉** yakiniku	韓國泡菜 **キムチ** kimuchi
印度咖哩 **インドカレー** indo-karee	北京烤鴨 **北京ダック** pekin-dakku	牛排 **ステーキ** suteeki	三明治 **サンドイッチ** sandoicchi
蛋包飯 **オムライス** omu-raisu	那個 **それ** sore	咖哩飯 **カレーライス** karee-raisu	

句型

Q：お飲み物は？
onomimono wa

飲料呢？

A：飲料＋をください。
o kudasai

給我 _____ 。

替換單字

烏龍茶 **ウーロン茶** uuroncha	紅茶 **紅茶** koocha

咖啡 **コーヒー** koohii	柳橙汁 **オレンジジュース** orenji-juusu	濃縮咖啡 **エスプレッソ** esupuresso

卡布奇諾 **カプチーノ** kapuchiino	檸檬茶 **レモンティー** remon-tii	奶茶 **ミルクティー** miruku-tii

可樂	七喜	檸檬汽水
コーラ	セブンアップ	レモンサイダー
koora	sebun-appu	remon-saidaa

咖啡歐蕾	冰紅茶	可可亞
カフェオレ	アイスティー	ココア
kafe-ore	aisu-tii	kokoa

句型

Q：デザートはいかがですか。
dezaato wa ikaga desuka

您要甜點嗎？

A：甜點＋をください。
o kudasai

給我 ＿＿＿＿ 。

替換單字

布丁	蛋糕
プリン	ケーキ
purin	keeki

聖代	冰淇淋	霜淇淋
パフェ	アイスクリーム	ソフトクリーム
pafe	aisu-kuriimu	sofuto-kuriimu

日式櫻花糕點	羊羹
桜餅 <small>さくらもち</small>	羊羹 <small>ようかん</small>
sakura-mochi	yookan

紅豆蜜	三色豆沙糯米糰子
あんみつ	三色おはぎ <small>さんしょく</small>
anmitsu	sanshoku-ohagi

行前準備
正式起飛
旅宿時光
味蕾「趣」
私房路線
遊玩空間
血拚購物
看見日本
突發狀況

飲料跟餐點一起上，還是飯後送？

お飲み物は食事と一緒ですか。食後ですか。

onomimono wa shokuji to issho desuka. shokugo desuka

請飯後再上。

食後にお願いします。

shokugo ni onegai shimasu

麻煩一起送來。

一緒にお願いします。

issho ni onegai shimasu

麻煩只要砂糖就好。

砂糖だけ、お願いします。

satoo dake, onegai shimasu

要幾個杯子？

グラスはいくつご入用ですか。

gurasu wa ikutsu goiriyoo desuka

超好用單字表：數量

一個 ひと **一つ** hitotsu	二個 ふた **二つ** futatsu

三個 みっ **三つ** mittsu	四個 よっ **四つ** yottsu	五個 いつ **五つ** itsutsu	六個 むっ **六つ** muttsu
七個 なな **七つ** nanatsu	八個 やっ **八つ** yattsu	九個 ここの **九つ** kokonotsu	
十個 とお **十** too	幾個 **いくつ** ikutsu		

麻煩結帳。
お勘定をお願いします。
okanjoo o onegai shimasu

我們各付各的。
別々でお願いします。
betsubetsu de onegai shimasu

請一起結帳。
一緒でお願いします。
issho de onegai shimasu

這張信用卡能用嗎？
このカードは使えますか。
kono kaado wa tsukaemasuka

我要刷卡。
カードでお願いします。
kaado de onegai shimasu

請問您有集點卡嗎？
ポイントカードはお持ちですか。
pointokaado wa omochi desuka

請問抬頭是寫「上先生」嗎？（收據不特別署名時）
上様でよろしいですか。
ue-sama de yoroshii desuka

我只有萬圓大鈔，麻煩您了。
1万円でお願いします。
ichiman-en de onegai shimasu

謝謝您的招待；我吃飽了。
ごちそう様でした。
gochisoosama deshita

真是好吃。
おいしかったです。
oishikatta desu

相關單字

點菜	費用
注文	費用
chuumon	hiyoo

現金	付錢	信用卡
現金	払う	クレジットカード
genkin	harau	kurejitto-kaado

收銀台	服務費	零錢
レジ	サービス料	おつり
reji	saabisu-ryoo	otsuri

行前準備
正式起飛
旅宿時光
味蕾「趣」
私房路線
遊玩空間
血拚購物
看見日本
突發狀況

超好用單字表：
時間

一點 いちじ **1時** ichiji	兩點 にじ **2時** niji

三點 さんじ **3時** sanji	四點 よじ **4時** yoji	五點 ごじ **5時** goji	六點 ろくじ **6時** rokuji
七點 しちじ **7時** shichiji	八點 はちじ **8時** hachiji	九點 くじ **9時** kuji	十點 じゅうじ **10時** juuji

十一點 じゅういちじ **11時** juuichiji	十二點 じゅうにじ **12時** juuniji
一點十五分 いちじ じゅうご ふん **1時 15分** ichijijuugofun	一點三十分 いちじ さんじゅっ ぶん **1時 30分** ichijisanjuppun
一點四十五分 いちじ よんじゅうご ふん **1時 45分** ichijiyonjuugofun	兩點十五分 にじ じゅうご ふん **2時 15分** nijijuugofun
兩點半 にじ はん **2時半** nijihan	兩點四十五分 にじ よんじゅうご ふん **2時 45分** nijiyonjuugofun
三點半 さんじ はん **3時半** sanjihan	四點半 よじ はん **4時半** yojihan
五點半 ごじ はん **5時半** gojihan	六點十五分前 ろくじ じゅうご ふんまえ **6時 15分前** rokujijuugofun-mae
七點整 しちじ **7時ちょうど** shichiji-choodo	幾點幾分 なんじ なんぷん **何時何分** nanji napun

伍5

探索私房路線，素人變達人

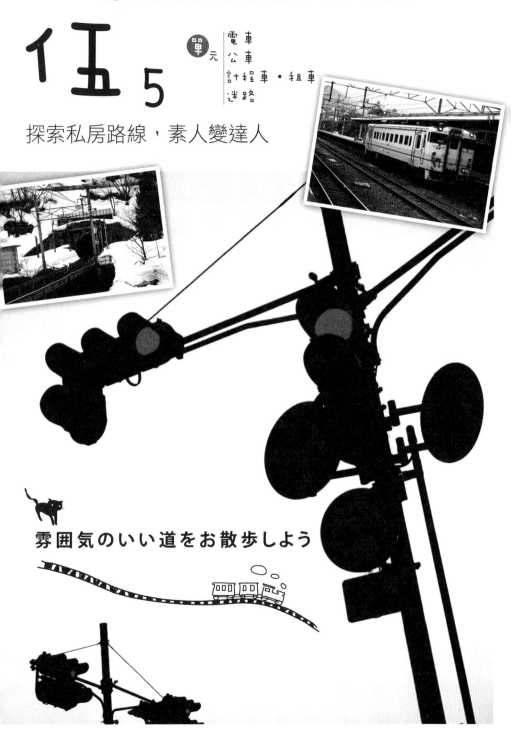

雰囲気のいい道をお散歩しよう

句型 我想到 _____ 。

場所＋まで行_いきたいです。

made ikitai desu

替換單字

	新宿 しんじゅく **新宿** shinjuku
台場 だいば **お台場** odaiba	淺草 あさくさ **浅草** asakusa
東京晴空塔 とうきょう **東京スカイツリー** tookyoo-sukaitsurii	澀谷車站 しぶやえき **渋谷駅** shibuya-eki
原宿車站 はらじゅくえき **原宿駅** harajuku-eki	上野 うえの **上野** ueno
銀座 ぎんざ **銀座** ginza	青山一丁目 あおやまいっちょうめ **青山一丁目** aoyama-icchoome
六本木 ろっぽんぎ **六本木** roppongi	羽田 はねだ **羽田** haneda	品川 しながわ **品川** shinagawa

下一班電車幾點？
次_{つぎ}の電車_{でんしゃ}は何時_{なんじ}ですか。
tsugi no densha wa nanji desuka

秋葉原車站會停嗎？
秋葉原駅_{あきはばらえき}にとまりますか。
akihabara-eki ni tomarimasuka

在品川車站換車嗎？
品川駅で乗り換えればいいですか。
shinagawa-eki de norikaereba ii desuka

下一站是哪裡？
次の駅はどこですか。
tsugino eki wa doko desuka

在哪裡換車？
どこで乗り換えたらいいですか。
doko de norikaetara ii desuka

這輛電車往東京嗎？
この電車は、東京に行きますか。
kono densha wa, tookyoo ni ikimasuka

想去赤坂。
赤坂まで行きたいです。
akasaka made ikitai desu

在哪裡下車好呢？
どこで降りればいいですか。
doko de orireba ii desuka

請問京葉線在哪裡搭乘呢？
京葉線はどちらですか。
keeyoo-sen wa dochira desuka

請問下一班電車會停靠○○嗎？
次の電車は○○に止まりますか。
tsugi no densha wa ○○ ni tomarimasuka

私の旅行小趣事 . . .

行前準備

正式起飛

旅宿時光

味蕾「趣」

私房路線

遊玩空間

血拼購物

看見日本

突發狀況

相關單字

		車子 **車** kuruma	新幹線 **新幹線** shinkansen
電車 **電車** densha	公車 **バス** basu	人力車 **人力車** jinrikisha	救護車 **救急車** kyuukyuusha
計程車 **タクシー** takushii	警車 **パトカー（「パトロールカー」の略）** patokaa		消防車 **消防車** shooboosha
機車 **バイク** baiku	腳踏車 **自転車** jitensha	貨車 **トラック** torakku	船 **船** fune
遊艇 **フェリー** ferii	飛機 **飛行機** hikooki	直昇機 **ヘリコプター** herioputaa	
小船 **ボート** booto		單軌電車 **モノレール** monoreeru	

私の旅行小趣事...

公車 TRACK19

公車站在哪裡？
バス停はどこですか。
basutee wa doko desuka

這台公車去東京車站嗎？
このバスは東京駅へ行きますか。
kono basu wa tookyoo-eki e ikimasuka

有往澀谷嗎？
渋谷へは行きますか。
shibuya e wa ikimasuka

幾號公車能到？
何番のバスが行きますか。
nanban no basu ga ikimasuka

東京車站在第幾站？
東京駅はいくつ目ですか。
tookyoo-eki wa ikutsume desuka

在哪裡下車呢？
どこで降りたらいいですか。
doko de oritara ii desuka

到了請告訴我。
着いたら教えてください。
tsuitara oshiete kudasai

多少錢？
いくらですか。
ikura desuka

一千塊日幣可以嗎？
1,000 円札でいいですか。
sen-en-satsu de ii desuka

行前準備

正式起飛

旅宿時光

味蕾「趣」

私房路線

遊玩空間

血拚購物

看見日本

突發狀況

小孩多少錢？
子どもはいくらですか。
kodomo wa ikura desuka

有到〇〇飯店嗎？
〇〇ホテルへ行きますか。
hoteru e ikimasuka

下一班巴士幾點？
次のバスは何時ですか。
tsugi no basu wa nanji desuka

給我一張到新宿的票。
新宿まで1枚ください。
shinjuku made ichimai kudasai

請往右側出口出去。
右側の出口に出てください。
migigawa no deguchi ni dete kudasai

請在3號乘車處上車。
3番乗り場で乗車してください。
sanban noriba de jooshashite kudasai

我想去澀谷。
渋谷へ行きたいです。
shibuya e ikitai desu

幾號巴士站？
乗り場は何番ですか。
noriba wa nanban desuka

這裡有到新宿嗎？
ここは、新宿行きですか。
koko wa, shinjuku yuki desuka

到東京車站要幾分鐘？
東京駅まで何分ですか。
tookyoo-eki made nanpun desuka

我想在池袋車站前下車。
池袋駅前で降りたいんですが。
ikebukuro-eki-mae de oritain desuga

請等候巴士完全停妥後再從座位站起來。
バスが止まってから席をお立ちください。
basu ga tomatte kara seki o otachi kudasai

請恕無法找零。
お釣りはでません。
otsuri wa demasen

請先用兌換機把整鈔找開，再支付車資。
両替機で両替の上、お支払いください。
ryoogaeki de ryoogae no ue, oshiharai kudasai

請問回程的巴士站在哪裡呢？
帰りのバス停はどこですか。
kaeri no basutee wa doko desuka

兒童是半價。
子供は半額です。
kodomo wa hangaku desu

零頭將進位成整數。
端数は切り上げです。
hasuu wa kiriage desu

相關單字

路線圖			
	路線図		
	rosenzu		

車票	門	下一站	博愛座
乗車券	ドア	次	優先席
jooshaken	doa	tsugi	yuusenseki
吊環		搖晃	車票
つり革		揺れる	切符
tsurikawa		yureru	kippu
售票處	機場巴士	乘車處	一號巴士站
売り場	リムジンバス	乗り場	1番乗り場
uriba	rimujin-basu	noriba	ichiban noriba
排隊	往新宿	往東京車站	東京都中心區
並ぶ	新宿行き	東京駅行き	都内
narabu	shinjuku yuki	tookyoo-eki yuki	tonai

行前準備
正式起飛
旅宿時光
味蕾「趣」
私房路線
遊玩空間
血拼購物
看見日本
突發狀況

計程車・租車 TRACK20

句型 請到 _____ 。

場所＋までお願いします。
ねが
made onegai shimasu

替換單字

	王子飯店 **プリンスホテル** purinsu hoteru
上野車站 うえ の えき **上野駅** ueno-eki	這裡（拿地圖或地址給對方看） **ここ** koko
成田機場 なり た くうこう **成田空港** narita-kuukoo	六本木新城 ろっぽん ぎ **六本木ヒルズ** roppongi-hiruzu
國立博物館 こくりつはくぶつかん **国立博物館** kokuritsu-hakubutsukan	

到那裡要花多少時間？

そこまでどれくらいかかりますか。
soko made dore kurai kakarimasuka

路上常塞車嗎？
みち こ
道は、混んでいますか。
michi wa, konde imasuka

請向右轉。
みぎ ま
右に曲がってください。
migi ni magatte kudasai

前面右轉。
さき みぎ
その先を右へ。
sono saki o migi e

請在第三個轉角左轉。

三つ目の角を左へ曲がってください。
mittsume no kado o hidari e magatte kudasai

請直走。

まっすぐ行ってください。
massugu itte kudasai

請在那裡停車。

そこで停めてください。
soko de tomete kudasai

這裡就可以了。

ここでいいです。
koko de iidesu

謝謝您。（下計程車時）

お世話様でした。
osewasama deshita

我想租車。

車を借りたいです。
kuruma o karitai desu

小型車比較好。

小型の車がいいです。
kogata no kuruma ga ii desu

我想租那一部車。

あちらの車を借りたいです。
achira no kuruma o karitai desu

保證金多少？

保証金はいくらですか。
hoshookin wa ikura desuka

有保險嗎？

保険はついていますか。
hoken wa tsuite imasuka

一天多少租金？

一日いくらですか。
ichinichi ikura desuka

車子故障了。

車が故障しました。
kuruma ga koshoo shimashita

這台車還你。

この車を返します。
kono kuruma o kaeshimasu

傍晚還車。

夕方に返します。
yuugata ni kaeshimasu

行前準備
正式起飛
旅宿時光
味蕾「趣」
私房路線
遊玩空間
血拼購物
看見日本
突發狀況

我要還車。
車<ruby>車<rt>くるま</rt></ruby>を<ruby>返却<rt>へんきゃく</rt></ruby>します。
kuruma o henkyakushimasu

無鉛汽油，請加滿。
レギュラー<ruby>満<rt>まん</rt></ruby>タンで。
regyuraa mantan de

請問有沒有要丟的垃圾呢？（加油站人員問話）
ごみはありますか。
gomi wa arimasuka

請抽取乘車券。（上公車時）
<ruby>整理券<rt>せいりけん</rt></ruby>をお<ruby>取<rt>と</rt></ruby>りください。
seeriken o otori kudasai

請問可以在○○拋車嗎？（租車想到別處還車時）
○○で<ruby>乗<rt>の</rt></ruby>り<ruby>捨<rt>す</rt></ruby>てできますか。
○○ de norisute dekimasuka

相關單字

租車		
レンタカー		
rentakaa		

國際駕駛執照	契約書	破胎
<ruby>国際運転免許証<rt>こくさいうんてんめんきょしょう</rt></ruby>	<ruby>契約書<rt>けいやくしょ</rt></ruby>	パンク
kokusai-unten menkyoshoo	keeyakusho	panku

注意	安全開車	聯絡處	備胎
<ruby>注意<rt>ちゅうい</rt></ruby>	<ruby>安全運転<rt>あんぜんうんてん</rt></ruby>	<ruby>連絡先<rt>れんらくさき</rt></ruby>	スペアタイヤ
chuui	anzen-unten	renraku-saki	supea-taiya

句型 ＿＿＿ 嗎？

名詞＋は＋形容詞＋ですか。
wa　　　　　　desuka

替換單字

車站／遠 駅／遠い eki　tooi	

| 那裡／近
そこ／近い
soko　chikai | 那條道路／寬廣
その道／広い
sono michi　hiroi |
| 前往方式／困難
行き方／難しい
ikikata　muzukashii | 道路／容易辨認
道／分かりやすい
michi　wakari yasui |

 我迷路了。
道に迷いました。
michi ni mayoimashita

請告訴我車站怎麼走？
駅への道を教えてください。
eki e no michi o oshiete kudasai

對不起，可以請教一下嗎？
すみませんが、ちょっと教えてください。
sumimasen ga, chotto oshiete kudasai

 上野車站在哪裡？
上野駅はどこですか。
ueno-eki wa doko desuka

新宿要怎麼走呢？
新宿は、どう行けばいいですか。
shinjuku wa, doo ikeba ii desuka

 請沿這條路直走。
この道をまっすぐ行ってください。
kono michi o massugu itte kudasai

 迷路

請在下一個紅綠燈右轉。
次の信号を右に曲がってください。
tsugi no shingoo o migi ni magatte kudasai

上野車站在左邊。
上野駅は左側にあります。
ueno-eki wa hidarigawa ni arimasu

南邊是哪一邊？
南はどちらですか。
minami wa dochira desuka

請問我現在的所在位置是在哪裡呢？
今いるところはどこですか。
ima iru tokoro wa doko desuka

我想去〇〇。
〇〇に行きたいんですが。
〇〇 ni ikitain desuga

不好意思，可以麻煩您幫忙廣播尋人嗎？
（於車站等處跟同行的人走散時）
すみません、呼び出しをお願いしたいんですが。
sumimasen, yobidashi o onegaishitain desuga

私の旅行小趣事...

104

陸 6

單元　勝名紀念慶典攝影購票居酒屋

觀察與體驗，豐富的遊玩空間

大満足の名所めぐり

句型　想 ＿＿＿＿。

名詞 (を…) ＋動詞＋たいです。
　　　 o 　　　　　　　　 tai desu

替換單字

煙火／看
花火を／見
はなび／み
hanabi o　mi

慶典／看
お祭りを／見
まつ／み
omatsuri o　mi

迪士尼樂園／去
ディズニーランドへ／行き
い
dizuniirando e　iki

在游泳池／游泳
プールで／泳ぎ
およ
puuru de　oyogi

往山上／去
山へ／行き
やま／い
yama e　iki

請給我地圖
地図をください。
ちず
chizu o kudasai

博物館現在有開嗎？
博物館は今開いていますか。
はくぶつかん／いま あ
hakubutsukan wa ima aite imasuka

這裡可以買票嗎？
ここでチケットは買えますか。
か
koko de chiketto wa kaemasuka

名產店在哪裡？
みやげ物店はどこにありますか。
ものてん
miyagemono-ten wa doko ni arimasuka

近代美術館在哪裡？
近代美術館はどこですか。
きんだい び じゅつかん
kindai-bijutsukan wa doko desuka

有壯麗的寺廟嗎？
きれいなお寺はありますか。
てら
kiree na otera wa arimasuka

請推薦一下飯店。
ホテルを紹介してください。
しょうかい
hoteru o shookai shite kudasai

行前準備

正式起飛

旅宿時光

味蕾「趣」

私房路線

遊玩空間

血拚購物

看見日本

突發狀況

句型 我要 _____ 。

名詞＋がいいです。
ga ii desu

替換單字

歴史巡遊
<ruby>歴<rt>れき</rt></ruby><ruby>史<rt>し</rt></ruby>めぐり
rekishi-miguri

美術館巡遊
<ruby>美<rt>び</rt></ruby><ruby>術<rt>じゅつ</rt></ruby><ruby>館<rt>かん</rt></ruby>めぐり
bijutsukan-meguri

名勝巡遊
<ruby>名<rt>めい</rt></ruby><ruby>所<rt>しょ</rt></ruby>めぐり
meesho-meguri

一日行程
<ruby>1日<rt>いちにち</rt></ruby>コース
ichinichi koosu

半天行程
<ruby>半<rt>はん</rt></ruby><ruby>日<rt>にち</rt></ruby>コース
hannichi-koosu

私の旅行小趣事...

有附餐嗎？
食事は付きますか。
shokuji wa tsukimasuka

幾點出發？
出発は何時ですか。
shuppatsu wa nanji desuka

在哪裡集合呢？
どこに集まればいいですか。
doko ni atsumareba ii desuka

有中文導遊嗎？
中国語のガイドはいますか。
chuugoku-go no gaido wa imasuka

有英文導遊嗎？
英語のガイドはいますか。
eego no gaido wa imasuka

要到什麼地方呢？
どんなところに行きますか。
donna tokoro ni ikimasuka

哪個有趣呢？
どれが面白いですか。
dore ga omoshiroi desuka

請問可以從這裡步行到達嗎？
ここから歩いて行けますか。
koko kara aruite ikemasuka

請問大約要走幾分鐘呢？
歩いて何分ぐらいでしょう。
aruite nanpun gurai deshoo

請問您是從哪裡來的呢？
どちらからおいでですか。
dochira kara oide desuka

您是從台灣來的呀？
台湾からいらっしゃったんですか。
taiwan kara irasshattan desuka

句型 可以 ＿＿＿ 嗎？

名詞＋を＋動詞＋もいいですか。
o　　　　　　　　　mo ii desuka

替換單字

相／照
写真／撮って
shashin　totte

煙／抽
タバコ／吸って
tabako　sutte

這個／觸摸
これ／触って
kore　sawatte

箱子／打開
箱／開けて
hako　akete

聲音／放出
声／出して
koe　dashite

V8／拍攝
ビデオ／撮って
bideo　totte

可以幫我拍照嗎？
写真を撮っていただけますか。
shashin o totte itadakemasuka

只要按這裡就行了。
ここを押すだけです。
koko o osu dake desu

可以一起照張相嗎？
一緒に写真を撮ってもいいですか。
issho ni shashin o tottemo ii desuka

行前準備

正式起飛

旅宿時光

味蕾「趣」

私房路線

遊玩空間

血拚購物

看見日本

突發狀況

麻煩再拍一張。
もう1枚お願いします。
moo ichimai onegai shimasu

請把那個一起拍進去。
あれと一緒に撮ってください。
are to issho ni totte kudasai

非常抱歉，這裡不能拍照。
恐れ入りますが撮影はご遠慮いただいております。
osoreirimasuga, satsuee wa goenryo itadaite orimasu

句型	＿＿＿＿啊！

形容詞＋名詞＋ですね。
desune

替換單字

很棒的／畫
素敵な／絵
suteki na　e

很漂亮的／和服
きれいな／着物
kiree na　kimono

很棒的／作品
すばらしい／作品
subarashii　sakuhin

很棒的／建築物
すごい／建物
sugoi　tatemono

大的／雕像
大きな／像
ooki na　zoo

雄偉的／雕刻
立派な／彫刻
rippa na　chookoku

美麗的／陶瓷器皿
美しい／陶器
utsukushii　tooki

入場費多少？
にゅうじょうりょう
入場料はいくらですか。
nyuujooryoo wa ikura desuka

有館內導遊服務嗎？
かんない
館内ガイドはいますか。
kannai gaido wa imasuka

幾點休館？
なんじ　へいかん
何時に閉館ですか。
nanji ni heekan desuka

小孩多少錢？
子どもはいくらですか。
kodomo wa ikura desuka

有中文說明嗎？
ちゅうごく ご　せつめい
中国語の説明はありますか。
chuugoku-go no setsumee wa arimasuka

我要風景明信片。
え
絵はがきがほしいです。
ehagaki ga hoshii desu

○　○　○　○　○　○　○　○　○　○

私の旅行小趣事...

行前準備

正式起飛

旅宿時光

味蕾「趣」

私房路線

遊玩空間

血拚購物

看見日本

突發狀況

句型　給我 _____ 。

名詞＋數量＋お願いします。
おねが
onegai shimasu

替換單字

學生／一張 がくせい　いちまい **学生／1枚** gakusee ichimai	成人／兩張 おとな　にまい **大人／2枚** otona nimai
	小孩／兩張 こ　にまい **子ども／2枚** kodomo nimai
大人／十張 おとな　じゅうまい **大人／10枚** otona juumai	中學生／三張 ちゅうがくせい　さんまい **中学生／3枚** chuugakusee sanmai

---

售票處在哪裡？
う　ば
チケット売り場はどこですか。
chiketto uriba wa doko desuka

學生有折扣嗎？
がくせいわりびき
学生割引はありますか。
gakusee waribiki wa arimasuka

我要一樓的位子。
いっかい　せき
1階の席がいいです。
ikkai no seki ga ii desu

有沒有更便宜的座位？
やす　せき
もっと安い席はありますか。
motto yasui seki wa arimasuka

坐哪個位子比較好觀看呢？
せき　み
どの席が見やすいですか。
dono seki ga miyasui desuka

一張多少錢？
いちまい
1枚いくらですか。
ichimai ikura desuka

請給我三張。
さんまい
3枚ください。
sanmai kudasai

麻煩學生一張。

学生1枚、お願いします。

gakusee ichimai onegai shimasu

我有折價券。

割引券を持っています。

waribikiken o motte imasu

我有學生證。

学生証があります。

gakuseeshoo ga arimasu

我想要租用語音導覽設備。

オーディオガイドを使いたいです。

oodio gaido o tsukaitai desu

請問裡面有沒有可以用餐的地方呢？

中に食事のできるところはありますか。

naka ni shokuji no dekiru tokoro wa arimasuka

二樓有餐廳。

2階にレストランがございます。

nikai ni resutoran ga gozaimasu

目前的時段只提供飲品。

ただ今のお時間は喫茶のみとなっております。

tada ima no ojikan wa kissa nomi to natte orimasu

請問閉館是幾點呢？

閉館は何時ですか。

heekan wa nanji desuka

今天十一點將有一場海豚的表演秀。

本日は 11 時にイルカのショーがございます。

honjitsu wa juuichiji ni iruka no shoo ga gozaimasu

我想搭觀光巴士。

観光バスに乗りたいんですが。

kankoo basu ni noritain desuga

請問有中文的導覽團嗎？

中国語のツアーはありますか。

chuugoku-go no tsuaa wa arimasuka

請問費用裡面包括餐費嗎？

食事は料金に含まれていますか。

shokuji wa ryookin ni fukumarete imasuka

請問觀光巴士有臨時加開的班次嗎？

臨時バスは出ますか。

rinji basu wa demasuka

請將擬搭乘日期對應號碼上的銀漆刮除。

使う日の日付のところをけずってください。

tsukau hi no hizuke no tokoro o kezutte kudasai

請問洗手間在哪裡？

トイレはどこですか。

toire wa doko desuka

行前準備

正式起飛

旅宿時光

味蕾「趣」

私房路線

遊玩空間

血拚購物

看見日本

突發狀況

句型　我想看 _____ 。

名詞＋を見たいです。
o mitai desu

替換單字

電影	音樂會、演唱會
映画 えいが eega	コンサート konsaato

歌劇	歌舞伎
オペラ opera	歌舞伎 かぶき kabuki

目前受歡迎的電影是哪一部？
今、人気のある映画は何ですか。
いま、にんき えいが なん
ima, ninki no aru eega wa nan desuka

會上演到什麼時候？
いつまで上演していますか。
じょうえん
itsumade jooen shite imasuka

下一場幾點上映？
次の上映は何時ですか。
つぎ じょうえい なんじ
tsugi no jooee wa nanji desuka

幾分前可以進場？
何分前から入れますか。
なんぶんまえ はい
nanpun-mae kara hairemasuka

芭蕾舞幾點開演？
バレエの上演は何時ですか。
じょうえん なんじ
baree no jooen wa nanji desuka

中間有休息嗎？
休憩はありますか。
きゅうけい
kyuukee wa arimasuka

裡面可以喝果汁飲料嗎？
中でジュースを飲んでもいいですか。
なか の
naka de juusu o nondemo ii desuka

115

我想買預售票。

前売り券が買いたいです。
maeuriken ga kaitai desu

每週三是女士優惠日。

毎週水曜日はレディースデーです。
maishuu suiyoobi wa rediisu-dee desu

全部都是對號座。

全席指定です。
zenseki shitee desu

星期五的首映場比較便宜。

金曜日の初回上映は安くなります。
kin'yoobi no shokai jooee wa yasuku narimasu

句型 _____多少？

数量＋いくらですか。
ikura desuka

替換單字

一小時
1時間
ichijikan

一個人
1人
hitori

30分鐘
30分
sanjuppun

行前準備

正式起飛

旅宿時光

味蕾「趣」

私房路線

遊玩空間

血拚購物

看見日本

突發狀況

小孩／一個人
子ども／1人
kodomo　hitori

果汁／一瓶
ジュース／一つ
juusu　hitotsu

去唱卡拉 OK 吧！
カラオケに行きましょう。
karaoke ni ikimashoo

基本消費多少？
基本 料金はいくらですか。
kihon-ryookin wa ikura desuka

可以延長嗎？
延長はできますか。
enchoo wa dekimasuka

遙控器如何使用？
リモコンはどうやって使うんですか。
rimokon wa dooyatte tsukaun desuka

有什麼歌曲？
どんな曲がありますか。
donna kyoku ga arimasuka

我唱鄧麗君的歌。
私は、テレサ・テンを歌います。
watashi wa teresa-ten o utaimasu

我想唱 SMAP 的歌。
SMAP の歌を歌いたいです。
sumappu no uta o utai tai desu

一起唱吧！
一緒に歌いましょう。
issho ni utaimashoo

接下來唱什麼歌？
次はなににしますか。
tsugi wa nani ni shimasuka

我好喜歡周杰倫喔～！
私、ジェイ・チョウ好きなんですよ～。
watashi, jei choo sukinan desuyo

句型　_____ 的 _____ 如何？

時間＋の＋名詞はどうですか。
no　　　　wa doo desuka

替換單字

今年／運勢
今年（ことし）／運勢（うんせい）
kotoshi　unsee

明年／財運
来年（らいねん）／金銭運（きんせんうん）
rainen　kinsen-un

這個月／工作運
今月（こんげつ）／仕事運（しごとうん）
kongetsu　shigoto-un

這星期／愛情運勢
今週（こんしゅう）／愛情運（あいじょううん）
konshuu　aijoo-un

下星期／愛情運
来週（らいしゅう）／恋愛運（れんあいうん）
raishuu　ren'ai-un

我出生於 1972 年 9 月 18 日。
１９７２年（ねん）9 月（く がつ）１８日（じゅうはち にち）生（う）まれです。
sen kyuuhyaku nanajuu ni nen kugatu juuhachinichi umare desu

請幫我看看和男朋友合不合。
恋人（こいびと）との相性（あいしょう）を見（み）てください。
koibito to no aishoo o mite kudasai

可以買護身符嗎？
お守（まも）りを買（か）えますか。
omamori o kaemasuka

問題能解決嗎？
問題（もんだい）は解決（かいけつ）しますか。
mondai wa kaiketsushimasuka

可能結婚嗎？
結婚（けっこん）できるでしょうか。
kekkon dekiru deshooka

什麼時候會遇到白馬王子（白雪公主）？
いつ相手（あいて）が現（あらわ）れますか。
itsu aite ga arawaremasuka

行前準備
正式起飛
旅宿時光
味蕾「趣」
私房路線
遊玩空間
血拚購物
看見日本
突發狀況

我是雞年生的。
私は酉年です。
watashi wa toridoshi desu

幾歲犯太歲？
厄年は何歳ですか。
yakudoshi wa nansai desuka

今天有巨人的比賽嗎？
今日は巨人の試合がありますか。
kyoo wa kyojin no shiai ga arimasuka

哪兩隊的比賽？
どこ対どこの試合ですか。
doko tai doko no shiai desuka

請給我兩張靠近一壘區的座位。
1塁側の席を2枚ください。
ichirui-gawa no seki o nimai kudasai

可以坐這裡嗎？
ここに座ってもいいですか。
koko ni suwattemo ii desuka

請簽名。
サインをください。
sain o kudasai

你知道那位選手嗎？
あの選手を知っていますか。
ano senshu o shitte imasuka

他很有人氣嘛！
彼は、人気がありますね。
kare wa, ninki ga arimasune

啊！全壘打！
あ、ホームランになりました。
a, hoomuran ni narimashita

相關單字

棒球場 や きゅうじょう **野球場** yakyuujoo	
夜間棒球賽 **ナイター** naitaa	投手 **ピッチャー** picchaa
捕手 **キャッチャー** kyacchaa	打者 **バッター** battaa
盗壘 とうるい **盗塁** toorui	全壘打 **ホームラン** hoomuran
三振 さんしん **三振** sanshin	教練 **コーチ** koochi

私の旅行小趣事...

句型 附近有 _____ 嗎？

<ruby>近<rt>ちか</rt></ruby>くに＋<u>場所</u>＋はありますか。
chikaku ni　　　　　　　wa arimasuka

替換單字

酒吧	夜店
バー	ナイトクラブ
baa	naito-kurabu

爵士酒吧	酒店	一杯小酒店	居酒屋
ジャズクラブ	クラブ	一杯<ruby>飲<rt>の</rt></ruby>み<ruby>屋<rt>や</rt></ruby>	<ruby>居<rt>い</rt></ruby><ruby>酒<rt>ざか</rt></ruby><ruby>屋<rt>や</rt></ruby>
jazu-kurabu	kurabu	ippai nomiya	izakaya

日式傳統料理店	壽司店
<ruby>料<rt>りょう</rt></ruby><ruby>亭<rt>てい</rt></ruby>	すし<ruby>屋<rt>や</rt></ruby>
ryootee	sushi-ya

路邊攤	啤酒屋
<ruby>屋<rt>や</rt></ruby><ruby>台<rt>たい</rt></ruby>	ビヤホール
yatai	biyahooru

句型 給我 _____ 。

名詞＋をください。
o kudasai

替換單字

雞尾酒	啤酒
カクテル	ビール
kakuteru	biiru

紅葡萄酒	白葡萄酒	日本清酒	威士忌
<ruby>赤<rt>あか</rt></ruby>ワイン	<ruby>白<rt>しろ</rt></ruby>ワイン	<ruby>日<rt>に</rt></ruby><ruby>本<rt>ほん</rt></ruby><ruby>酒<rt>しゅ</rt></ruby>	ウイスキー
aka-wain	shiro-wain	nihon-shu	uisukii

白蘭地 **ブランデー** burandee	香濱 **シャンパン** shanpan
薑汁汽水 **ジンジャーエール** jinjaaeeru	小酒菜 **おつまみ** otsumami

女性要 2000 日圓。
女性は 2,000 円です。
josee wa nisen-en desu

音樂不錯呢！
音楽がいいですね。
ongaku ga ii desune

點菜可以點到幾點？
ラストオーダーは何時ですか。
rasuto-oodaa wa nanji desuka

喜歡聽爵士樂。
ジャズを聴くのが好きです。
jazu o kiku no ga suki desu

演奏什麼曲子？
どんな曲をやっていますか。
donna kyoku o yatte imasuka

喝杯啤酒吧！
ビールを飲みましょう。
biiru o nomimashoo

來吧！乾杯！
乾杯しましょう。
kanpai shimashoo

喝葡萄酒吧！
ワインを飲みましょうか。
wain o nomimashooka

要什麼下酒菜？
おつまみは何がいいですか。
otsumami wa nani ga ii desuka

「玩」全手記特別收錄：說日語、讀日本，搜集一百種感動

沱木了

單元　尋找款式
　　　試穿
　　　問題・要求
　　　結帳

購物血拚篇─非入手不可的清單

お買い物を楽しもう

句型　在找 _____。

衣服＋を探しています。
o sagashite imasu

替換單字

	西裝、套裝 **スーツ** suutsu
連身裙 **ワンピース** wanpiisu	裙子 **スカート** sukaato
褲子 **ズボン** zubon	牛仔褲 **ジーンズ** jiinzu
T恤 **Tシャツ** tii shatsu	輕便襯衫 **カジュアルなシャツ** kajuaru na shatsu
Polo襯衫 **ポロシャツ** poro-shatsu	女用襯衫 **ブラウス** burausu
毛衣 **セーター** seetaa	夾克 **ジャケット** jaketto
外套 **コート** kooto	內衣 **下着** shitagi
泳衣 **水着** mizugi	背心 **ベスト** besuto

行前準備

正式起飛

旅宿時光

味蕾「趣」

私房路線

遊玩空間

血拚購物

看見日本

突發狀況

領帶	帽子
ネクタイ nekutai	帽子（ぼうし） booshi

襪子	太陽眼鏡
ソックス sokkusu	サングラス san-gurasu

婦女服飾賣場在哪裡？
婦人服売り場はどこですか。
fujinfuku uriba wa doko desuka

這個如何？
こちらはいかがですか。
kochira wa ikaga desuka

這條褲子如何？
このズボンはどうですか。
kono zubon wa doo desuka

有大號的嗎？
大きいサイズはありますか。
ookii saizu wa arimasuka

想要棉製品的。
綿のがほしいです。
men no ga hoshii desu

可以用洗衣機洗嗎？
洗濯機で洗えますか。
sentakuki de araemasuka

蠻耐穿的樣子嘛！
丈夫そうですね。
joobu soo desune

顏色不錯嘛！
いい色ですね。
ii iro desune

請問您在找什麼商品嗎？
何をお探しですか。
nani o osagashi desuka

我只是看一看。

見ているだけです。
miteiru dake desu

歡迎慢慢選購。

ごゆっくりどうぞ。
goyukkuri doozo

超好用單字表：月份

一月 いちがつ **1月** ichigatsu	二月 に がつ **2月** nigatsu

三月 さんがつ **3月** sangatsu	四月 し がつ **4月** shigatsu	五月 ご がつ **5月** gogatsu	六月 ろ く **6月** rokugatsu
七月 しちがつ **7月** shichigatsu	八月 は ちがつ **8月** hachigatsu	九月 く がつ **9月** kugatsu	十月 じゅう がつ **10月** juugatsu

十一月 じゅういち がつ **11月** juuichigatsu	十二月 じゅうに がつ **12月** juunigatsu

○ ○ ○ ○ ○ ○ ○ ○ ○ ○

私の旅行小趣事...

句型 可以 _____ 嗎？

動詞＋もいいですか。
mo ii desuka

替換單字

	試穿 試着して shichakushite
摸 触って sawatte	套套看 ちょっとはおって chotto haotte
戴戴看 かぶってみて kabutte mite	配戴看看 つけてみて tsukete mite

那個讓我看一下。
それを見せてください。
sore o misete kudasai

有點小呢！
ちょっと小さいですね。
chotto chiisai desune

有沒有白色的？
白いのはありませんか。
shiroi no wa arimasenka

這是麻嗎？
これは麻ですか。
kore wa asa desuka

需要乾洗嗎？
洗濯はドライですか。
sentaku wa dorai desuka

我要紅的。
赤いのがほしいです。
akai no ga hoshii desu

太花俏了。
ちょっと派手ですね。
chotto hade desune

有沒有再柔軟一些的？
もう少し柔らかいのはないですか。
moo sukoshi yawarakai no wa nai desuka

那個也讓我看看。
そちらも見せてください。
sochira mo mi！sete kudasai

啊呀！這個不錯嘛！
ああ、これはいいですね。
aa, kore wa ii desune

我喜歡。
気に入りました。
kiniirimashita

有點長。
ちょっと長いです。
chotto nagai desu

長度可以改短一點嗎？
丈をつめられますか。
take o tsumeraremasuka

顔色不錯呢！
色がいいですね。
iro ga ii desune

非常喜歡。
とても気に入りました。
totemo kiniirimashita

我要這個。
これにします。
kore ni shimasu

我決定要買了。
決めました。
kimemashita

我買這個。
これをいただきます。
kore o itadakimasu

請給我紅色的。
赤いほうをください。
<ruby>赤<rt>あか</rt></ruby>いほうをください。
akai hoo o kudasai

請幫我改一下袖子的長度。
袖の長さを直してほしいです。
<ruby>袖<rt>そで</rt></ruby>の<ruby>長<rt>なが</rt></ruby>さを<ruby>直<rt>なお</rt></ruby>してほしいです。
sode no nagasa o naoshite hoshii desu

相關單字

白色 白 shiro	黑色 黒 kuro

紅色 赤 aka	藍色 青 ao	綠色 緑 midori	黃色 黄色 kiiro

褐色 茶色 chairo	灰色 グレー guree	粉紅色 ピンク pinku

橘黃色 オレンジ色 orenji-iro	紫色 紫 murasaki	水藍色 水色 mizuiro	素面、素色 無地 muji

直條紋 ストライプ sutoraipu	點點花樣 水玉 mizutama	格紋 チェック chekku	花朵圖案 花模様 hana-moyoo

私の旅行小趣事 ...

行前準備
正式起飛
旅宿時光
味蕾「趣」
私房路線
遊玩空間
血拼購物
看見日本
突發狀況

句型　想要 ＿＿＿＿。

鞋子＋がほしいです。
ga hoshii desu

替換單字

	休閒鞋、球鞋 **スニーカー** suniikaa
涼鞋 **サンダル** sandaru	無帶淺口有跟女鞋 **パンプス** panpusu
無後跟的女鞋 **ミュール** myuuru	高跟鞋 **ハイヒール** haihiiru

靴子 **ブーツ** buutsu	短馬靴 **ショートブーツ** shooto-buutsu	網球鞋 **テニスシューズ** tenisu-shuuzu

登山鞋 **トレッキングシューズ** torekkingu-shuuzu	木屐 **下駄**（げた） geta

句型　太 ＿＿＿＿。

形容詞＋すぎます。
sugimasu

替換單字

大 おお **大き** ooki	小 ちい **小さ** chiisa

長 なが **長** naga	短 みじか **短** mijika

緊 **きつ** kitsu	鬆 **ゆる** yuru

高 たか **高** taka	低 ひく **低** hiku

私の旅行小趣事...

行前準備

正式起飛

旅宿時光

味蕾「趣」

私房路線

遊玩空間

血拚購物

看見日本

突發狀況

句型 我要 _____ 的。

形容詞（の、なの）＋がいいです。
no　　na no　　　　　ga ii desu

替換單字

牢固、堅固
丈夫
joobu

白色
白い
shiroi

鞋跟很高
ヒールが高い
hiiru ga takai

有點緊。
ちょっときついです。
chotto kitsui desu

最受歡迎的是哪一雙？
一番人気なのはどれですか。
ichiban ninki nano wa dore desuka

請給我這一雙。
これをください。
kore o kudasai

這是現在流行的款式。
これが今はやりです。
kore ga ima hayari desu

蠻好走路的。
歩きやすいですね。
aruki yasui desune

鞋跟太高了。
ヒールが高すぎます。
hiiru ga taka sugimasu

可以用鞋帶調整。
ひもで調整できます。
himo de choosee dekimasu

我決定買這一雙。
これに決めました。
kore ni kimemashita

句型 給我 ＿＿＿＿。

數量＋ください。
kudasai

替換單字

一個 ひと **一つ** hitotsu	一張 いちまい **1枚** ichimai

一條 いっぽん **1本** ippon	一個 いっこ **1個** ikko	一台 いちだい **1台** ichidai	一本（書） いっさつ **1冊** issatsu

有沒有適合送人的名產？
おみやげにいいのはありますか。
omiyage ni ii no wa arimasuka

哪一個較受歡迎？
どれが人気ありますか。
dore ga ninki arimasuka

有招財貓嗎？
招き猫はありますか。
manekineko wa arimasuka

給我同樣的東西8個。
同じものを八つください。
onaji mono o yattsu kudasai

請分開包裝。
別々に包んでください。
betsubetsu ni tsutsunde kudasai

請包漂亮一點。
きれいに包んでください。
kiree ni tsutsunde kudasai

你認為哪個好呢？
どれがいいと思いますか。
dore ga ii to omoimasuka

這點心看起來很好吃。
このお菓子はおいしそうです。
kono okashi wa oishi soo desu

請給我這日式饅頭。
この饅頭をください。
kono manjuu o kudasai

133

句型 請 _____ 。

形容詞＋してください。
shite kudasai

替換單字

便宜 やす **安く** yasuku	快 はや **早く** hayaku

（弄）小 ちい **小さく** chiisaku	（弄）好提 も **持ちやすく** mochi yasuku

（弄）漂亮 **きれいに** kiree ni	再便宜一些 すこ　やす **もう少し安く** moo sukoshi yasuku

太貴了。
たか
高すぎます。
takasugimasu

2000 日圓就買。
に せん えん　　　か
2,000 円なら買います。
nisen-en nara kaimasu

最好是 1 萬日圓以內的東西。
いちまんえん い ない　 もの
1万円以内の物がいいです。
ichiman-en inai no mono ga ii desu

那麼就不需要了。
それでは、いりません。
soredewa, irimasen

可以打一些折扣嗎？
すこ
少しまけてもらえませんか。
sukoshi makete moraemasenka

貴了一些。
たか
ちょっと高いですね。
chotto takai desune

預算不足。
よ さん　 た
予算が足りません。
yosan ga tarimasen

我會再來。
き
また来ます。
mata kimasu

有任何需要服務的地方，請吩咐我一聲。
何かありましたらお声がけください。
nanika arimashitara okoegake kudasai

我想買 Mac 的記憶卡。
マックのメモリがほしいんですが。
makku no memori ga hoshiin desuga

請問數位相機的販售區在哪裡？
デジカメはどちらでしょう。
dejikame wa dochira deshoo

這邊是新上市的產品。
こちらは新発売の商品です。
kochira wa shinhatsubai no shoohin desu

目前打八折。
ただ今、20 ％引きになっております。
tada ima, nijuppaasento-biki ni natte orimasu

可以請您詳細說明功能等等細節嗎？
機能とか詳しく説明してもらえますか。
kinoo toka kuwashiku setsumeeshite moraemasuka

這件商品目前沒貨了。
こちらはただ今在庫がございません。
kochira wa tada ima zaiko ga gozaimasen

可以為您訂貨。
お取り寄せになります。
otoriyose ni narimasu

行前準備
正式起飛
旅宿時光
味蕾「趣」
私房路線
遊玩空間
血拚購物
看見日本
突發狀況

請問大概要多久才能到貨？

どのくらいかかりますか。
dono kurai kakarimasuka

大概要一星期左右。

いっしゅうかん
1週間くらいです。
isshuukan kurai desu

請問這個在台灣也可以使用嗎？（購買電氣產品時）

たいわん　　　　つか
これは台湾でも使えますか。
kore wa taiwan demo tsukaemasuka

沒有問題。

だいじょうぶ
大丈夫です。
daijoobu desu

無法在台灣使用。

たいおう
対応しておりません。
taiooshite orimasen

請問這個拿到台灣也可以播放影片嗎？

たいわん　　　　み
これは台湾でも見られますか。
kore wa taiwan demo miraremasuka

不好意思，我不曉得在日本的對應尺碼。

にほん　　　　　　　わ
すみません、日本のサイズが分かりません。
sumimasen, nihon no saizu ga wakarimasen

請問有沒有推薦給乾燥肌膚使用的產品呢？

かんそうはだ
乾燥肌にはどれがおすすめですか。
kansoohada ni wa dore ga osusume desuka

您穿起來真好看！（服飾店店員稱讚客人）
よくお似合いですよ。
yoku oniai desuyo

哇，好漂亮呀！（服飾店店員稱讚客人）
わあ、素敵ですよ。
waa, suteki desuyo

請問是自用嗎？
ご自宅用ですか。
gojitaku-yoo desuka

請問只有這些顏色嗎？
色はこれだけですか。
iro wa kore dake desuka

不好意思，所有的商品都在陳列架上了
すみません、出ているだけになります。
sumimasen, dete iru dake ni narimasu

這是特價品。
こちらはサービス品です。
kochira wa saabisuhin desu

今天這邊的〇〇有優惠價。
本日はこちらの〇〇がお買い得となっております。
honjitsu wa kochira no 〇〇 ga okaidoku to natte orimasu

請恕無法退換貨，可以嗎？
返品・お取り替えはできませんが、よろしいですか。
henpin otorikae wa dekimasenga, yoroshii desuka

行前準備
正式起飛
旅宿時光
味蕾「趣」
私房路線
遊玩空間
血拼購物
看見日本
突發狀況

退換貨請於一週內辦理。

返品・お取り替えは１週間以内にお願いします。

henpin otorikae wa isshuukan inai ni onegai shimasu

現在，所有的商品一律打八折。

ただ今、全品２割引です。

tada ima, zenpin niwari-biki desu

若於今天購買，可附贈〇〇。

今日、お買い上げいただきますと、〇〇をお付けします。

kyoo, okaiage itadakimasuto, 〇〇 o otsuke shimasu

歡迎再度光臨。

またお越しくださいませ。

mata okoshi kudaimase

請問有效日期是什麼時候？

賞味期限はいつですか。

shoomi kigen wa itsu desuka

常溫下可保存一星期，放入冷凍庫可保存一個月。

常温で１週間、冷凍で１ヶ月です。

jooon de isshuukan, reetoo de ikkagetsu desu

需要冷藏嗎？

冷蔵ですか。

reezoo desuka

請問保冷袋是多少錢呢？

保冷袋はいくらですか。

horee-bukuro wa ikura desuka

行前準備

正式起飛

旅宿時光

味蕾「趣」

私房路線

遊玩空間

血拚購物

看見日本

突發狀況

請問大概會在外面停留多久呢？
お持ち歩きのお時間は。
omochiaruki no ojikan wa

今天購買這種「富士」（蜜蘋果）有優惠價喔！
本日は、こちらの「ふじ」がお買い得ですよ。
honjitsu wa, kochira no "fuji" ga okaidoku desuyo

哦，是這個啊？
ああ、これですか。
aa, kore desuka

不但汁多，還有蜜腺，非常香甜喔！
果汁も多く、蜜入りでとても甘いですよ。
kajuu mo ooku, mitsuiri de totemo amai desuyo

而且香氣十足喔！
香りもいいですよ。
kaori mo ii desuyo

請問嚐起來味道如何？
味はどうですか。
aji wa doo desuka

很好吃喔！
おいしいですよ。
oishii desuyo

甜中帶酸，還富含維他命C喔！
甘酸っぱくて、ビタミンCもたっぷりですよ。
amazuppakute, bitamin shii mo tappuri desuyo

139

問題・要求

那麼，請給我兩顆。
じゃあ、これ２つ（ふた）ください。
jaa, kore futatsu kudasai

感謝惠顧！
毎度（まいど）ありがとうございます。
maido arigaoo gozaimasu

請問有止癢的藥嗎？
かゆみ止め（ど）の薬（くすり）はありますか。
kayumidome no kusuri wa arimasuka

請問正露丸擺在哪裡呢？
正露丸（せいろがん）はどこですか。
seerogan wa doko desuka

在這裡。
こちらにございます。
kochira ni gozaimasu

請問這個和這個有什麼不同呢？
これとこれは何（なに）が違（ちが）うんですか。
kore to kore wa nani ga chigaun desuka

成分和效用幾乎相同。
成分（せいぶん）と効き目（き）（め）はほとんど同じ（おな）です。
seebun to kikime wa hotondo onaji desu

製造藥廠不同。
作って（つく）いる会社（かいしゃ）が違（ちが）います。
tsukutte iru kaisha ga chigaimasu

請問有沒有推薦的感冒藥呢？
風邪_{かぜ}には何_{なに}がおすすめですか。
kaze ni wa nani ga osusume desuka

有藥水或膠囊等種類的劑型。
液体_{えきたい}やカプセルなどがございます。
ekitai ya kapuseru nado ga gozaimasu

如果沒有發燒，那麼推薦這一種。
熱_{ねつ}がないなら、こちらがおすすめです。
netsu ga nainara, kochira ga osusume desu

請問這種藥有沒有副作用呢？
この薬_{くすり}には、副作用_{ふくさよう}はありますか。
kono kusuri ni wa, fukusayoo wa arimasuka

即使會導致嗜睡也沒關係。(欲購買感冒藥時)
眠_{ねむ}くなってもいいです。
nemuku nattemo ii desu

請問該怎麼服用呢？
どのように飲_のめばよいですか。
dono yooni nomeba yoi desuka

請先搖晃均勻之後再喝。
よく振_ふってから飲_のんでください。
yoku futte kara nonde kudasai

請兌上一杯開水或熱開水喝下去。
コップ 1 杯_{いっぱい}の水_{みず}かお湯_ゆで飲_のんでください。
koppu ippai no mizu ka oyu de nonde kudasai

行前準備
正式起飛
旅宿時光
味蕾「趣」
私房路線
遊玩空間
血拚購物
看見日本
突發狀況

服用的方法寫在這裡。
服用方法はここに書いてあります。
fukuyoo hoohoo wa koko ni kaite arimasu

請問免稅手續該到哪裡辦理呢？
免税の手続きはどこに行ったらいいですか。
menzee no tetsuzuki wa doko ni ittara ii desuka

麻煩我想辦理免稅手續。
免税の手続きをお願いします。
menzee no tetsuzuki o onegai shimasu

請出示護照和回程的登機證。
パスポートとお帰りの搭乗券をご提示ください。
pasupooto to okaeri no toojooken o goteeji kudasai

請給我八個分裝的小袋子。
小分け袋を8枚ください。
kowakebukuro o hachimai kudasai

超好用單字表：星期		

星期日	星期一
にちよう び	げつよう び
日曜日	**月曜日**
nichiyoobi	getsuyoobi

星期二	星期三	星期四	星期五
か よう び	すいよう び	もくよう び	きんよう び
火曜日	**水曜日**	**木曜日**	**金曜日**
kayoobi	suiyoobi	mokuyoobi	kin'yoobi

星期六	星期幾
ど よう び	なんよう び
土曜日	**何曜日**
doyoobi	nan'yoobi

句型

Q：お支払いはどうなさいますか。 要如何付款？
oshiharai wa doo nasaimasuka

A：<u>名詞</u>＋でお願いします。 麻煩我用 ＿＿＿。
de onegai shimasu

替換單字

卡片、信用卡	現金
カード	現金 げんきん
kaado	genkin

旅行支票	這個
トラベラーズチェック	これ
toraberaazu-chekku	kore

句型

Q：お支払い回数は？ 要分幾次付款？
oshiharai kaisuu wa

A：<u>次數</u>＋です。 ＿＿＿。
desu

替換單字

一次 いっかい 1回 ikkai	一次付清 いっかつ 一括 ikkatsu
六次 ろっかい 6回 rokkai	十二次 じゅうに かい 12回 juunikai

行前準備
正式起飛
旅宿時光
味蕾「趣」
私房路線
遊玩空間
血拚購物
看見日本
突發狀況

143

在哪裡結帳？

レジはどこですか。
reji wa doko desuka

請在這裡簽名。

ここにサインをお願いします。
koko ni sain o onegai shimasu

在這裡簽名嗎？

サインは、ここですか。
sain wa koko desuka

能用這張信用卡嗎？

このカードは使えますか。
kono kaado wa tsukaemasuka

這樣可以嗎？

これでいいですか。
kore de ii desuka

筆在哪裡？

ペンはどこですか。
pen wa doko desuka

請幫我包裝成禮物。

プレゼント用に包んでください。
purezento-yoo ni tsutsunde kudasai

請問可以用信用卡支付嗎？

クレジットカードは使えますか。
kurejittokaado wa tsukaemasuka

不好意思，只收現金。

すみませんが現金だけです。
sumimasenga genkin dake desu

捌 8

單元 文化觀禮
生活街景

看見日本，旅人的一百種感動

心あたたまる日本への旅

句型 我喜歡日本的 _____ 。

日本の＋名詞＋が好きです。
nihon no ／ ga suki desu

替換單字

慶典 **お祭り** omatsuri	庭園 **庭園** teeen

漫畫 **漫画** manga	文化 **文化** bunka	習慣 **習慣** shuukan	連續劇 **ドラマ** dorama
和服 **着物** kimono	茶道 **茶道** sadoo	花道 **華道** kadoo	歌 **歌** uta

句型 對日本的 _____ 有興趣。

日本の＋名詞＋に興味があります。
nihon no ／ ni kyoomi ga arimasu

替換單字

	文化 **文化** bunka
經濟 **経済** keezai	藝術 **芸術** geejutsu

歴史 （れきし） **歴史** rekishi	運動 **スポーツ** supootsu	繪畫 （かい が） **絵画** kaiga

陶、瓷器 （や）（もの） **焼き物** yakimono	自然 （し ぜん） **自然** shizen

植物 （しょくぶつ） **植 物** shokubutsu	戲劇 （えんげき） **演劇** engeki

行前準備

正式起飛

旅宿時光

味蕾「趣」

私房路線

遊玩空間

血拚購物

看見日本

突發狀況

句型 在 ＿＿＿＿ 有慶典。

場所＋で＋慶典＋があります。
de ga arimasu

替換單字

德島／阿波舞 （とくしま）（あ わ おど） **徳島／阿波踊り** tokushima awa-odori

東京／神田祭 （とうきょう）（かん だ まつ） **東京／神田祭り** tookyoo kanda-matsuri	札幌／雪祭 （さっぽろ）（ゆきまつ） **札幌／雪祭り** sapporo yuki-matsuri

青森／睡魔祭 （あおもり）（まつ） **青森／ねぶた祭り** aomori nebuta-matsuri	京都／祇園祭 （きょう と）（ぎ おんまつ） **京都／祇園祭り** kyooto gion-matsuri

秋田／燈籠祭 （あき た）（かんとうまつ） **秋田／竿燈祭り** akita kantoo-matsuri	博多／天神祭 （はか た） **博多／どんたく** hakata dontaku

仙台／七夕祭
仙台／七夕祭り
sendai　tanabata-matsuri

大阪／天神祭
大阪／だんじり祭り
oosaka　danjiri-matsuri

兵庫／打架祭
兵庫／けんか祭り
hyoogo　kenka-matsuri

是什麼樣的慶典？
どんな祭りですか。
donna matsuri desuka

什麼時候舉行？
いつありますか。
itsu arimasuka

怎麼去？
どうやって行きますか。
dooyatte ikimasuka

哪個祭典有趣？
どの祭りが面白いですか。
dono matsuri ga omoshiroi desuka

有什麼節目？
何が見られますか。
nani ga miraremasuka

任何人都能參加嗎？
誰でも参加できますか。
dare demo sanka dekimasuka

漂亮嗎？
きれいですか。
kiree desuka

想去看看。
見に行きたいです。
mi ni ikitai desu

想去。
行ってみたいです。
itte mitai desu

一起去吧！
一緒に行きましょう。
issho ni ikimashoo

明年再一起去吧！
来年は行きましょうね。
rainen wa ikimashoone

市容很乾淨呢！
町がきれいですね。
machi ga kiree desune

空氣很好呢！
空気がいいですね。
kuuki ga ii desune

庭院的花很可愛呢！
庭の花がかわいいですね。
niwa no hana ga kawaii desune

人很親切呢！
人が親切ですね。
hito ga shinsetsu desune

年輕人很時髦呢！
若者がおしゃれですね。
wakamono ga oshare desune

街道好乾淨喔！
道が清潔ですね。
michi ga seeketsu desune

老年人好親切喔！
老人が優しいですね。
roojin ga yasashii desune

大家都好認真喔！
みんな真面目ですね。
minna majime desune

女性身材都好棒喔！
女性はスタイルがいいですね。
josee wa sutairu ga ii desune

穿著真有品味！
ファッションがすてきですね。
fasshon ga suteki desune

行前準備

正式起飛

旅宿時光

味蕾「趣」

私房路線

遊玩空間

血拚購物

看見日本

突發狀況

生活街景

男人看起來很溫柔喔！
男性が優しそうですね。
<small>だんせい やさ</small>
dansee ga yasashi soo desune

小孩們很有精神喔！
こどもたちは元気ですね。
<small>げんき</small>
kodomo-tachi wa genki desune

街道好熱鬧喔！
街が賑やかですね。
<small>まち にぎ</small>
machi ga nigiyaka desune

相關單字

山 やま **山** yama	海 うみ **海** umi

河川 かわ **川** kawa	湖 みずうみ **湖** mizuumi	瀑布 たき **滝** taki	田園 でんえん **田園** den'en
草原 そうげん **草原** soogen	港口 みなと **港** minato	神社 じんじゃ **神社** jinja	城 しろ **城** shiro

私の旅行小趣事...

玖 9

單元
疼痛症狀
就醫
遺失招竊

突發狀況，不怕一萬只怕萬一

旅行で気をつけること

句型

Q：どうしましたか？　　　怎麼了？
doo shimashitaka

A：症狀＋がします。　　　感到 ＿＿＿ 。
ga shimasu

替換單字

（想）吐	發冷
吐き気	寒気
hakike	samuke

頭暈	頭疼	耳鳴
目まい	頭痛	耳鳴り
memai	zutsuu	miminari

想去看醫生。
医者に行きたいです。
isha ni ikitai desu

請叫醫生來。
医者を呼んでください。
isha o yonde kudasai

請叫救護車。
救急車を呼んでください。
kyuukyuusha o yonde kudasai

醫院在哪裡？
病院はどこですか。
byooin wa doko desuka

診療時間是幾點到幾點？
診察時間は何時から何時までですか。
shinsatsu-jikan wa nanji kara nanji made desuka

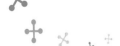

身體不舒服。
気分が悪いです。
kibun ga warui desu

朋友倒下去了。
友だちが倒れました。
tomodachi ga taoremashita

我有發燒。
熱があります。
netsu ga arimasu

醫生在哪裡？
お医者さんはどこですか。
oisha-san wa doko desuka

行前準備

正式起飛

旅宿時光

味蕾「趣」

私房路線

遊玩空間

血拚購物

看見日本

突發狀況

相關單字

感冒	心臟病
風邪 kaze	心臓病 shinzoobyoo

高血壓	糖尿病	胃潰瘍	肺炎
高血圧 koo-ketsuatsu	糖尿病 toonyoobyoo	胃潰瘍 ikaiyoo	肺炎 haien

花粉症	流行性感冒
花粉症 kafunshoo	インフルエンザ infuruenza

氣喘	盲腸炎	過敏
ぜんそく zensoku	盲腸（虫垂炎） moochoo(chuusuien)	アレルギー arerugii

骨折	挫傷	便秘
骨折 kossetsu	ねんざ nenza	便秘 benpi

句型　＿＿＿＿痛。

身體＋が痛いです。
ga itai desu

替換單字

頭 あたま 頭 atama	

肚子 おなか onaka	腳 あし 足 ashi
腰部 こし 腰 koshi	喉嚨 のど nodo

會咳嗽。
せき で
咳が出ます。
seki ga demasu

不舒服。
き も わる
気持ちが悪いです。
kimochi ga warui desu

感冒了。
か ぜ ひ
風邪を引きました。
kaze o hikimashita

打嗝打個不停。
と
しゃっくりが止まりません。
shakkuri ga tomarimasen

拉肚子。
げ り
下痢をしています。
geri o shite imasu

沒有食慾。
しょくよく
食欲がありません。
shokuyoku ga arimasen

全身無力。
だるいです。
darui desu

發燒了。
熱<small>ねつ</small>があります。
netsu ga arimasu

請躺下來。
横<small>よこ</small>になってください。
yoko ni natte kudasai

請深呼吸。
深呼吸<small>しんこきゅう</small>してください。
shinkokyuushite kudasai

這裡會痛嗎？
この辺<small>へん</small>は痛<small>いた</small>いですか。
kono hen wa itai desuka

食物中毒。
食<small>しょく</small>あたりですね。
shokuatari desune

開藥方給你。
薬<small>くすり</small>を出<small>だ</small>します。
kusuri o dashimasu

感覺如何？
気分<small>きぶん</small>はどうですか。
kibun wa doo desuka

請張開嘴巴。
口<small>くち</small>を開<small>あ</small>けてください。
kuchi o akete kudasai

請讓我看看眼睛。
目<small>め</small>を見<small>み</small>せてください。
me o misete kudasai

請把衣服脫掉。
服<small>ふく</small>を脱<small>ぬ</small>いでください。
fuku o nuide kudasai

塗上藥膏。
薬<small>くすり</small>を塗<small>ぬ</small>ります。
kusuri o nurimasu

有投保海外旅行平安保險。
海外旅行保険<small>かいがいりょこうほうけん</small>に入<small>はい</small>っています。
kaigai ryokoo hoken ni haitte imasu

行前準備

正式起飛

旅宿時光

味蕾「趣」

私房路線

遊玩空間

血拚購物

看見日本

突發狀況

請出示您的健保卡，以便製作掛號證。

診察券を作りますので、保険証をお願いします。

shinsatsuken o tsukurimasu node, hokenshoo o onegai shimasu

我是外國人，沒有健保卡。

外国人なので、保険証はありません。

gaikokujinna node, hokenshoo wa arimasen

那麼，將需全額自費。

では、全額実費になります。

dewa, zengaku jippi ni narimasu

請先到候診室等候叫號。

お呼びするまで待合室でお待ちください。

oyobisuru made machiaishitsu de omachi kudasai

請問您哪裡不舒服呢？

どうなさいましたか。

doo nasaimashitaka

請問今天早上吃了什麼東西呢？

今朝何を食べましたか。

kesa nani o tabemashitaka

我來為您做胸部聽診。

胸の音を聞かせてください。

mune no oto o kikasete kudasai

請在那邊仰躺。

そこに仰向けに寝てください。

soko ni aomuke ni nete kudasai

我要做觸診喔。

ちょっと触りますよ。

chotto sawarimasuyo

請問您目前有沒有懷孕呢？

妊娠していませんか。

ninshinshite imasenka

請去留取尿液標本。

お小水を取ってきてください。

oshoosui o totte kite kudasai

我們來打針吧！

注射しましょう。

chuushashimashoo

現在要照Ｘ光。

レントゲンを撮ります。

rentogen o torimasu

請閉氣。

息を止めてください。

iki o tomete kudasai

請吃容易消化的食物。

消化のよいものを食べてください。

shooka no yoi mono o tabete kudasai

請問大約幾天可以痊癒呢？

何日ぐらいで治るでしょうか。

nannichi gurai de naoru deshooka

行前準備

正式起飛

旅宿時光

味蕾「趣」

私房路線

遊玩空間

血拚購物

看見日本

突發狀況

可以繼續旅行嗎？
旅行は続けられますか。
ryokoo wa tsuzukeraremasuka

今天還是留在旅館裡休息比較好喔！
今日はホテルで休んだほうがいいですよ。
kyoo wa hoteru de yasunda hoo ga ii desuyo

請不要過度勞累。
無理をなさらないようにしてください。
muri o nasaranai yooni shite kudasai

目前只做了應急的處治。
応急処置だけしておきます。
ookyuu shochi dake shiteokimasu

等您回國之後請務必就醫。
国に帰ったらまた医者に行ってください。
kuni ni kaettara mata isha ni itte kudasai

這是收據和處方箋。
こちらは領収書と処方箋です。
kochira wa ryooshuusho to shohoosen desu

請到對面的藥局領藥。
向かいの薬局で薬をもらってください。
mukai no yakkyoku de kusuri o moratte kudasai

相關單字

手肘 うで **腕** ude	眼睛 め **目** me

耳朵 みみ **耳** mimi	膝蓋 **ひざ** hiza	牙齒 は **歯** ha	好像發燒 ねつ **熱っぽい** netsuppoi

很疲倦 **だるい** darui	流鼻水 はなみず で **鼻水が出る** hanamizu ga deru

打噴嚏 で **くしゃみが出る** kushami ga deru	咳嗽 **せき** seki	腫脹 は **腫れる** hareru

汗 あせ **汗** ase	疼痛 いた **痛み** itami	痰 たん **痰** tan

一天請服三次藥。
くすり いちにちさんかい の
薬は1日3回飲んでください。
kusuri wa ichinichi sankai nonde kudasai

請在飯後服用。
しょくご の
食後に飲んでください。
shokugo ni nonde kudasai

請將這個軟膏塗抹在傷口上。
なんこう きず ぬ
この軟膏を傷に塗ってください。
kono nankoo o kizu ni nutte kudasai

會過敏嗎？
アレルギーはありますか。
arerugii wa arimasuka

發燒時吃這包個藥。
ねつ で の
熱が出たら飲んでください。
netsu ga detara nonde kudasai

行前準備

正式起飛

旅宿時光

味蕾「趣」

私房路線

遊玩空間

血拚購物

看見日本

突發狀況

這是漱口用藥。
これはうがい薬です。
kore wa ugai-gusuri desu

是抗生素。
抗生物質です。
koosee-busshitsu desu

早中晚都要吃藥。
朝、昼、晩に飲んでください。
asa, hiru, ban ni nonde kudasai

請在睡前吃藥。
寝る前に飲んでください。
neru mae ni nonde kudasai

請多保重。
お大事に。
odaiji ni

請開診斷書給我。
診断書をお願いします。
shindansho o onegai shimasu

最好是戴上口罩。
マスクをつけた方がいいです。
masuku o tsuketa hoo ga ii desu

我開三天份的藥。
薬を3日分出します。
kusuri o mikka-bun dashimasu

請不要泡澡。
お風呂に入らないでくださいね。
ofuro ni hairanaide kudasaine

句型 ＿＿＿＿ 不見了。

物品＋をなくしました。
o nakushimashita

替換單字

信用卡
クレジットカード
kurejitto-kaado

包包	月票	護照	相機
かばん	**定期券**	**パスポート**	**カメラ**
kaban	teeki-ken	pasupooto	kamera

房間鑰匙	萬用筆記本	行李箱
部屋の鍵	**手帳**	**スーツケース**
heya no kagi	techoo	suutsu-keesu

筆	機票
ペン	**航空券**
pen	kookuuken

句型 把 ＿＿＿＿ 忘在 ＿＿＿＿ 了。

場所＋に＋物品＋を忘れました。
ni　　　　　　　　o wasuremashita

行前準備

正式起飛

旅宿時光

味蕾「趣」

私房路線

遊玩空間

血拚購物

看見日本

突發狀況

替換單字

房間／鑰匙 **部屋／鍵** へや　かぎ heya　kagi	電車／行李 **電車／荷物** でんしゃ　にもつ densha nimotsu
公車／皮包 **バス／バッグ** basu　baggu	計程車／電腦 **タクシー／パソコン** takushii　pasokon
餐廳／錢包 **食堂／財布** しょくどう　さいふ shokudoo　saifu	飯店／名產 **ホテル／みやげ物** もの hoteru　miyagemono
	保險箱／護照 **金庫／パスポート** きんこ kinko　pasupooto

句型　_____ 不見了。

物品＋をなくしました。
o nakushimashita

替換單字

	錢包 **財布** さいふ saifu
信用卡 **クレジットカード** kurejitto-kaado	行李箱 **スーツケース** suutsu-keesu
戒指 **指輪** ゆびわ yubiwa	金融卡 **キャッシュカード** kyasshu-kaado

金錢 お金 okane	行李 荷物 nimotsu
項錬 ネックレス nekkuresu	筆記型電腦 ノートパソコン nooto-pasokon
手錶 腕時計 ude-dokee	

行前準備

正式起飛

旅宿時光

味蕾「趣」

私房路線

遊玩空間

血拚購物

看見日本

突發狀況

句型 犯人是 _____。

はんにん
犯人は＋人＋です。
hannin wa　　　desu

替換單字

年輕男性 わか おとこ 若い男 wakai otoko

矮個子的男性 せ ひく おとこ 背の低い男 se no hikui otoko	長髮的女性 かみ なが おんな 髪の長い女 kami no nagai onna
帶著眼鏡的女性 おんな めがねをかけた女 megane o kaketa onna	戴眼鏡的男人 おとこ めがねをかけた男 megane o kaketa otoko
四十到四十九歲的女人 よんじゅうだい おんな 四十代の女 yonjuu-dai no onna	年輕女性 わか おんな 若い女 wakai onna
瘦瘦的男性 や おとこ 痩せた男 yaseta otoko	胖的女人 ふと おんな 太った女 futotta onna

163

遺失招竊

戴著帽子的女人
帽子をかぶった女
booshi o kabutta onna

穿藍色西裝外套的男人
青い背広の男
aoi sebiro no otoko

有鬍子的男人
ひげのある男
hige no aru otoko

東西弄丟了。
落とし物をしました。
otoshimono o shimashita

是黑色包包。
黒いかばんです。
kuroi kaban desu

裡面有錢包和信用卡。
財布とカードが入っています。
saifu to kaado ga haitte imasu

希望能幫我打電話給發卡公司。
カード会社に電話してほしいです。
kaado gaisha ni denwashite hoshii desu

請填寫遺失表格。
紛失届けを書いてください。
funshitutodoke o kaite kudasai

怎麼辦好？
どうしたらいいでしょう。
doo shitara ii deshoo

錢全部被拿去了。
お金を全部取られました。
okane o zenbu toraremashita

護照不見了。
パスポートがありません。
pasupooto ga arimasen

大概有十萬日圓在裡面。
10万円ぐらい入っていました。
juuman-en gurai haitte imashita

找到了！找到了！
あった。あった。
atta. atta

有小偷！
泥棒！
doroboo

危險！
危ない！
fabunai

住手！
やめてください！
yamete kudasai

不必！
けっこうです！
kekkoo desu

救命啊！
助けて！
tasukete

請冷靜下來。
落ち着いて。
ochitsuite

您已經安全了喔！
もう大丈夫ですよ。
moo daijoobu desuyo

喂？警察局嗎？
もしもし、警察ですか。
moshimoshi, keesatsu desuka

行前準備

正式起飛

旅宿時光

味蕾「趣」

私房路線

遊玩空間

血拚購物

看見日本

突發狀況

相關單字

警察 けいさつ **警察** keesatsu	
身分證 み ぶんしょうめいしょ **身分証明書** mibun-shoomeesho	護照 **パスポート** pasupooto
金融卡 **キャッシュカード** kyasshu-kaado	聯絡 れんらく **連絡** renraku
（提交給機關等）～單；～表 とど **届け** todoke	小偷 どろぼう **泥棒** doroboo
遺失 ふんしつ **紛失** funshitsu	補發 さいはっこう **再発行** sai-hakkoo

私の旅行小趣事 . . .

超好用單字表：
節慶

成人儀式 成人式 seejin-shiki	

綠色紀念日 みどりの日 midori no hi	盂蘭盆節 お盆 o-bon
新年 お正月 o-shoogatsu	敬老節 敬老の日 keeroo no hi
憲法紀念日 憲法記念日 kenpoo kinen-bi	體育節 体育の日 taiiku no hi
神轎 御神輿 o-mikoshi	盛岡 SANSA 舞蹈 盛岡さんさ踊り morioka sansa-odori
草津溫泉節 草津温泉祭り kusatsu onsen-matsuri	江之島煙火大會 江の島花火大会 enoshima hanabi-taikai

行前準備

正式起飛

旅宿時光

味蕾「趣」

私房路線

遊玩空間

血拼購物

看見日本

突發狀況

囧認真【02】

著　　　者──田中陽子・大山和佳子

發　行　人──林德勝

主　　　編──吳冠儀

美術設計──吳欣樺

出　版　者──山田社文化事業有限公司

地　　　址──臺北市大安區安和路112巷17號7樓

電　　　話──02-2755-7622

傳　　　真──02-2700-1887

郵政劃撥──19867160 號　大原文化事業有限公司

經　銷　商──聯合發行股份有限公司

地　　　址──新北市新店區寶橋路235巷6弄6號2樓

電　　　話──02-2917-8022

傳　　　真──02-2915-6275

印　　　刷──上鎰數位科技印刷有限公司

法律顧問──林長振法律事務所　林長振律師

初　　　版──2014年02月

書＋MP3──新台幣299元

ISBN 978-986-246-389-5